權錢對決
之
13
險境對決
姜遠方 著

目錄 CONTENTS

第一章

有勇有謀

安部長微微點了點頭，說：「傅華同志，
你在這件事情中有勇有謀，把事情處理得很好啊。」
傅華苦笑了一下，說：「部長，您就別來笑話我了，
什麼有勇有謀啊，我那都是為了活命，
心裏不知道有多害怕呢。」

兩人正聊著，一個工作人員進來，說是楊志欣派車來接傅華去做彙報，相關部門的領導要瞭解一下具體的情形，傅華就跟著工作人員去了一個戒備森嚴的地方，工作人員把他帶進一個辦公室，楊志欣已經等在那裏了。

辦公室裏還有一個頭髮已經全白，神態十分威嚴的人。

楊志欣看到傅華，介紹道：「傅華，這位是安部長，他想向你瞭解一下關於齊隆寶的事，你把你所知道關於齊隆寶的全部事情，都跟他做詳細的彙報吧。」

傅華看了一眼安部長，問道：「不知道部長您要的這個全部，是指什麼啊？」

安部長說：「當然是指你跟齊隆寶打交道的過程中發生的所有事情了，怎麼，你有什麼難言之隱嗎？」

傅華點了一下頭，說：「是的，安部長，這裏面牽涉到我的朋友，他們的一些行為不一定是合法的，我如果把事情的全部經過都講了，可能會害到他們的。」

關於齊隆寶的事，其中牽涉到了喬玉甄、黃易明、呂鑫、羅茜男這些人，他們的行事作風有許多是不能說的，特別是喬玉甄，更是直接參與了齊隆寶的犯罪行為，如果真要追究的話，恐怕這些朋友多少也會受到牽連。

安部長笑笑說：「你還挺夠義氣的啊，好，傅華同志，我是負責國家安全事務的人，對我來說，那些還沒上升到危害國家安全程度的行為，我是可以忽視不理的。這樣吧，我答應你，這件事情中，我只追究涉及國家安全的部分，其他的行為我不會去追究的。」

傅華有些懷疑地說：「您說了能算嗎？」

楊志欣斥責說：「誒，傅華，你怎麼跟安部長說話的啊！安部長是這個部門的負責人，他能騙你嗎？難道說他還不如你那些朋友可信嗎？」

傅華無奈地說：「那可很難說，現在一直害我的，就是這個部門的重要人物和他的屬下，而幫我的，卻是我的那些朋友。」

安部長聽了，很誠意地說：「傅華同志，我對沒能約束好齊隆寶的行為給你造成的傷害十分抱歉。我們畢竟初次相識，你可能還無法一下子就信任我，這樣吧，就讓志欣同志給我做個擔保好了。」

楊志欣聽了，趕忙說：「好，傅華，我就幫安部長做這個擔保人，我保證他會說到做到的，這下你總可以說了吧？」

楊志欣肯出面作擔保，傅華就不能不說了，於是他將怎麼認識喬玉甄的，然後因為牽涉到睢心雄的事，齊隆寶又是如何綁架了他的家人，以及他是怎麼知道楚歌辰這個人的等等經過，詳細的講了一遍。

聽傅華講完，安部長微微點了點頭，說：「傅華同志，你在這件事情中有勇有謀，把事情處理得很好啊。」

傅華苦笑了一下，說：「部長，您就別來笑話我了，什麼有勇有謀啊，我那都是為了活命，心裏不知道有多害怕呢。」

安部長笑笑說：「沒有人遇到這種情況會不害怕的，你能夠做到那種程度，已經相當不錯了。傅華同志，我剛才已經安排在香港和洛杉磯的同志做了初步的查核，你說的大致屬實。」

傅華趕緊追問道：「您這麼說，是不是意味著齊隆寶將會受到你們部門的懲處了啊？」

安部長點點頭，說：「肯定是的。在做進一步的落實之後，我們必然會對這種危害到國家安全的行為進行嚴厲打擊的。這次真是要謝謝你，幫我們挖出了這樣一個叛徒來。其實最近我們發現了一些洩密的事件，也在找究竟是什麼人向美國洩露了國家機密，你提供的這個線索正好幫我們解決了這個問題。」

傅華大感訝異地說：「這麼說齊隆寶真的做了背叛國家的事了？」

安部長說：「是的，你如果常看新聞的話，就會知道最近發生在美國的一個華裔商人被捕的事件。」

傅華說：「我知道，這件事前些日子的新聞報導過，美國人指控那個商人向中國走私軍事武器上的精密儀器。」

安部長嚴肅地說：「你也知道，以美國為首的一些西方國家，對中國一直存有戒心，在軍事方面對我們採取封鎖措施，一些高科技產品禁止對中國出口，那個被指控的商人是我們一位從事秘密工作的同志，他的任務就是在美國幫我們採購需要的高科技儀器。這件事本來是不應該被發現的，結果他卻遭到了逮捕，我們十分懷疑是內部有人出賣了他，但是一直都沒找到這個叛徒究竟是誰。」

安部長說到這裏，看著傅華說：「是你幫我解開了這個謎團，你這是為國家立了一次大功啊，謝謝你，傅華同志。」

傅華趕忙說：「謝我倒是沒必要了，您趕緊把齊隆寶給抓起來倒是真的，這樣我晚上也能睡得安穩一些。」

安部長笑笑說：「我怎麼不覺得你有怕他成這個樣子啊，我看你倒是趁這個機會把豐源中心和天豐源廣場這兩個項目抓在手裏，大賺了一把吧？」

傅華聽安部長特別點出這兩個項目，就知道安部長對很多事都掌握得一清二楚，不由得暗自慶幸剛才沒做什麼隱瞞，不然很可能安部長對他就不是這個態度了。

傅華自嘲說：「您真是會開玩笑，我什麼大賺了一把啊，到現在我還欠人家一屁股債呢。」

「真的嗎？不會真的那麼慘吧？」安部長笑笑說。

傅華說：「當然是真的了，不信，您可以去調查一下中衡建工，看我是不是欠他們的工程款沒付啊。」

安部長開玩笑說：「如果真是那樣的話，那你來跟我工作好了，我看你很適合來我們部門工作呢。」

傅華笑了起來，趕忙說道：「我可不敢，我這人很膽小，你們這個部門這麼危險，在這裏工作要成天擔驚受怕的，我可不幹。」

安部長聽了笑說：「看來你還是覺得那兩個項目對你更有吸引力啊。好了傅華同志，我們今天的談話就到此為止吧。我要提醒你一下，剛才在這間辦公室所說的一切都涉及到國家機密，希望你能做到守口如瓶，不要對外洩露半個字。」

傅華鄭重地說：「我明白安部長，我一定會保守秘密的。」

安部長點了一下頭，說：「我相信你能做到，好了，傅華同志，我再次向你表示感謝，再見了。」

楊志欣和傅華就告別了安部長，坐車回到楊志欣的辦公室。

胡瑜非看到他們回來，急忙迎了上來，關切的問道：「事情怎麼樣了？」

楊志欣說：「安部長已經對事情做了核實，也向傅華了解了一下具體的情形，不出什麼意外的話，齊隆寶這次算是完蛋了。」

胡瑜非長出了一口氣，說：「哎，壓在我心頭的這塊石頭總算是可以搬開了，這個齊隆寶不倒臺的話，對我們來說總是一個威脅。」

傅華笑說：「是啊，胡叔，安部長跟我說會懲處齊隆寶，我也是心中放下了一塊大石頭，這些天來，我還是第一次感到這麼輕鬆啊。」

楊志欣看著興奮的兩人，潑冷水說：「你們倆先別急著這麼高興好嗎？你們不會以為事情到此就算是徹底解決了吧？」

胡瑜非愣了一下，說：「志欣，你這是什麼意思啊，難道事情到了這一步還不算解決了嗎？」

傅華也說：「楊叔啊，現在我們已經向安部長作了彙報，難道齊隆寶還有翻盤的機會嗎？」

楊志欣卻不表樂觀地說：「如果換做別人的話，事情發展到這一步，他就算是被我們徹底給摁死了，別說翻盤，小命都可能會因此送掉的；但是你們別忘了，齊隆寶不是別人，他是魏立鵬的兒子，魏立鵬如果為兒子出手的話，結果會如何還很難說啊。」

聽楊志欣這麼說，傅華臉上的笑容消失了，他知道自己確實是有點高興得太早了，忘了齊隆寶背後還有魏立鵬這樣一個強大的勢力存在。

作為一個相當護短的父親，魏立鵬絕不會對兒子將要被繩之以法的事袖手旁觀的，而魏立鵬一旦插手，作為現今政壇上的重量級人物，究竟能給這件事帶來多大的影響，是很難估量的。

傅華面色凝重地說：「楊叔，按您的估計，如果魏立鵬真的出來維護齊隆寶的話，齊隆寶會怎麼樣？」

楊志欣評析說：「齊隆寶當然不會一點事情都沒有，這畢竟涉及到出賣國家利益，一點不處理是交代不過去的；不過究竟會被處理到什麼程度，就要看高層究竟要賣魏立鵬多大的面子啦。」

傅華追問：「那齊隆寶還有沒有可能繼續待在現在的位置上，並保有現在的權力呢？」

楊志欣推測說：「顯然是不可能了，齊隆寶原來的位置涉及到很多秘密，如果繼續讓他留在那個位置上，那不等於給他機會繼續竊密嗎？我想這次齊隆寶至少也會被調離現在的崗位，上面很可能為了保全魏立鵬的面子，會給齊隆寶安排一個閒職養老。」

傅華氣憤地說：「做個紅二代還真是好啊，做出這種嚴重損害國家利益的事，居然還能全身而退。」

楊志欣說：「這也沒什麼，他的父親畢竟是黨國元老，國家為此給他一些回報也是正常的。」

傅華嘆說：「這些對我來說無所謂了，我也沒想非要置齊隆寶於死地，只要齊隆寶調任閒職，他就等於被剪除了爪牙，就不能再威脅我和我身邊朋友的人身安全，這就可以了。」

楊志欣說：「我想這一點應該是能夠達到你的要求的，這次齊隆寶肯定會知道他被懲戒是因為什麼，如果他再不夾著尾巴做人，恐怕就是魏立鵬都保不住他了。」

傅華欣慰地說：「那就行了，我已經厭倦這種跟他鬥來鬥去的生活了，只要他老老實實的不再來找我的麻煩，對我來說就可以了。」

胡瑜非不禁感慨說：「傅華，生活本來就是一個充滿鬥爭的過程啊，你無法逃避的，就算是齊隆寶和雎心雄的事到此畫上句號，你的生活中一定還會有新的對手出現的。」

傅華笑說：「等出現時我再想辦法吧，起碼現在我可以鬆一口氣了。誒，楊叔，雎心雄的案子快要判決了吧？」

楊志欣點點頭說：「是的，他的案子馬上就要有結果了。」

胡瑜非好奇地說：「大概會是什麼樣的結果啊？」

楊志欣說：「這件事我沒有參與，具體會是什麼結果我也不知道。誒，傅華，你覺得會是什麼結果啊？」

傅華猜測說：「從雎心雄的罪行來看，他的罪相當嚴重，不過還罪不至死，讓我猜的話，應該是十五年以上的有期徒刑，或是無期徒刑吧。」

楊志欣笑笑說：「真是英雄所見略同，我猜測的結果跟你基本上是一樣的。」

胡瑜非嘆說：「那睢心雄也算是逃過一劫了，他害了那麼多人，居然還能保住性命，實在是有夠幸運的。」

楊志欣說：「這也是沒辦法的事，有些事情雖然是他做的，但是決策的過程卻是集體的決定，責任就該由集體來承擔，在法理上是沒辦法歸罪於他個人的。」

辦完這件事，胡瑜非和傅華就告辭離開了楊志欣的辦公室，傅華回到駐京辦。

剛坐下來不久，林蘇行就敲門走了進來。

「林副秘書長，你來找我有事嗎？」傅華招呼說。

林蘇行笑笑說：「沒什麼事，明天我就要帶我岳父他們回去了，來跟你打聲招呼，謝謝你對我們這次的盛情款待。」

傅華禮貌地說：「您不要這麼客氣，怎麼這麼急著回去啊？您岳父的病治好了嗎？」

林蘇行搖搖頭說：「沒有，他那些病都是老人的慢性病，一下子怎麼能治好啊？現在醫生已經幫他確診了，回去找別的醫院治療也是一樣的，再留在北京也沒什麼意義。」

傅華聽了說：「那樣也好，那您沒有別的什麼事需要駐京辦幫忙處理的嗎？」

林蘇行搖頭說：「沒有了，好了傅主任，你忙吧，我還有行李要整理，就先告辭了。」

林蘇行離開傅華的辦公室後，傅華就撥了曲志霞的電話，把林蘇行要回海川的消息告訴曲志霞一聲。

「曲副市長，跟您彙報一下，林蘇行告訴我，明天他就要離開北京了。」

曲志霞說：「那你知道他這幾天查到了些什麼嗎？」

傅華說：「這個我就不清楚了，這傢伙對我很提防，出去辦事都不用駐京辦的車，我也不知道他都去了什麼地方。不過我剛才看他神色間似乎有些鬱悶，不像有什麼收穫的樣子。」

「這樣啊，」曲志霞沉吟了一會兒，說：「傅華，林蘇行帶他的家人住在海川大廈，有沒有結算他們的食宿費用啊？」

傅華說：「應該沒有，通常領導們包括他們的家屬來北京住在駐京辦的話，食宿費用都是由駐京辦承擔，林蘇行肯定不會主動付清費用的。怎麼，曲副市長，您想讓林蘇行付清食宿費用嗎？」

曲志霞說：「我不是這個意思。誒，傅華，我如果因為這件事批評駐京辦的工作做得不好，你不會對我有看法吧？」

「您要批評駐京辦的工作做得不好？」

傅華愣了一下，隨即他就明白曲志霞的意思了，曲志霞的矛頭並不是指向他，而是指向林蘇行的，她是想通過批評駐京辦而打擊林蘇行。

曲志霞說：「是啊，市政府曾經三令五申不准駐京辦搞這種人情接待，你們還這麼做，顯然是違規了，而林蘇行這麼做則是有侵佔公產的嫌疑。」

曲志霞說的這個規定倒是有的，只是現在的幹部很少有人會主動跟駐京辦結算在北京的食宿費用，反而都是想盡辦法占駐京辦的便宜，甚至有人帶家屬來北京旅遊，連旅遊景點的費用都是由駐京辦買單的。

傅華對此也很反感，駐京辦很大一部分經費都是支付這方面的費用。但是這是從以前就延續下來的做法，如果他改弦易轍，向領導們收取費用，他就把這些領導們給得罪了。這是一個犯眾怒又不討好的事，傅華也沒有魄力去做這種事的。

傅華有些顧慮曲志霞這麼做，會帶來一些困擾，比方這次駐京辦沒收林蘇行的食宿費用受了批評，那下次換了別的官員，駐京辦要不要收費呢？收了就把人得罪了；不收吧，又怕被有心人鬧出來，就又是駐京辦的錯處了。

傅華就說：「曲副市長，您要批評駐京辦的工作，我沒有意見，不過這樣恐怕以後駐京辦的工作就不好做了。」

曲志霞說：「我倒不覺得有什麼不好做的，我批評駐京辦這方面工作做得不好，以後有些該收的費用你就可以收了。海川駐京辦可是隸屬於海川市政府的公家部門，不是隨便什麼人都可以帶著七大姑八大姨去占便宜的。」

傅華想了想說：「好吧，曲副市長，駐京辦就誠心接受您的批評就是了。不過有件事我要跟您說一下，林蘇行這次來北京，姚市長可是親自打過招呼的，您要小心姚市長會對此不滿。」

曲志霞聽了說：「我這次就是打狗給主人看的，如果這個主人不識趣的話，我會連他一起打的。」

傅華提醒說：「那您可要小心些了，那個主人不是個好惹的人，您可別打狗不成，反而被狗咬了。」

曲志霞笑笑說：「這我心裏清楚，但這次的事我必須要做，這對主僕的行徑實在是太卑鄙了，如果不教訓他們的話，他們會更加不知收斂的。好在我已經做了一些必要的準備工作了，保證既打得狗疼又不會被狗咬的。」

傅華也希望林蘇行和姚巍山能夠受點教訓，這對主僕跟他也有些心結，今天他們會用這種窺探隱私的方式來對付曲志霞，轉頭說不定也會把這一手用到他的身上來，這種人應該給他們一點教訓。

傅華便說：「那預祝您成功了。」

臨近傍晚下班的時候，羅茜男來到駐京辦，急切地問道：「傅華，胡瑜非看到那些東西怎麼說？」

傅華說：「已經交給有關部門了，這次齊隆寶恐怕是要倒楣了。」

羅茜男高興地說：「那真是太好了，我們終於把這個混蛋給扳倒了。」

傅華說：「你先別急著高興，警報還沒有完全解除呢，一方面有關部門辦這件事恐怕也需要一點時間，在辦理的過程中，齊隆寶還是具有相當的威脅；另一方面，齊隆寶身後還有魏立鵬在撐腰，這件事下一步會怎麼發展還很難說。」

羅茜男聽了，說：「這倒也是，現在想想，這件事我們處理得太過順利了，齊隆寶除了嚇嚇我們之外，好像還沒使出什麼必殺的招數來呢。」

傅華點點頭說：「是啊，我也覺得這件事有點太順利了。」

羅茜男面有憂色說：「就我的經驗來說，事情太順利了並不是一件好事，我們實際上一直也沒有跟齊隆寶硬碰硬的交過手，難說他後面會使出什麼詭計。」

氣氛似乎一下子沉重起來，傅華緩和氣氛說：「誒，羅茜男，你別這麼自己嚇唬自己好不好？我的心情好不容易才輕鬆一些，叫你這麼一說，我又緊張起來了。」

羅茜男說：「我這也是經驗之談啊，不是老外有個什麼定律說：只要存在某種最壞的可能，事情就一定會往這種最壞的可能去發展的。」

傅華聽了說：「那好吧，我們還是小心一些吧，別在這個勝利即將到來之際，反而讓齊隆寶有機可乘了。」

羅茜男同意說：「是啊，我們應該更加小心防範。好啦，不管怎麼說，我們總算是取得了一個不小的勝利，今晚我請客，一起出去慶祝一下吧。」

傅華也想慶祝一下，就高興地說：「好吧，那我就接受你的邀請了。」

兩人就選了一家大飯店，一起開車過去。

停好車，羅茜男很自然的挽著傅華的胳膊，一起往裏面走。傅華對此也坦然接受，在這段兩人並肩跟齊隆寶作戰的過程中，他跟羅茜男已經建立起革命友誼。

走進酒店大廳的時候，羅茜男忽然扯了一下傅華，說：「誒，我看到你的朋友了，要不要過去打個招呼啊？」

「你說的是誰啊？」

傅華轉頭看著周圍有誰是他的熟人，當他看到左邊一側的時候，立時愣住了，因為他看到馮葵正挽著一位看似四十多歲的男子也走進了酒店大廳。

這是倆人分手後，傅華第一次碰到馮葵。眼前的馮葵不再是那種跟他在一起時那種靈變狡黠的樣子，一身得體的黑色晚禮服把她襯托得格外的雍容華貴，此刻的她，身上有著一種掩飾不住的大家閨秀的氣質，讓人幾乎無法直視。而馮葵身邊的那位男伴，器宇不凡，身上也散發出一種尊貴的氣息，跟馮葵站在一起，有一種強烈相襯的感覺，似乎這兩人才應該是天造地設的一對。

這個男人讓傅華不自覺的有一種自慚形穢的感覺，他明白這個男人應該也跟馮葵一樣，出身名門華胄，這大概就是馮家所追求的門當戶對吧。

這時馮葵也看到了傅華，四目相對，兩人眼神中的情緒都很複雜，傅華心中莫名的有一種很心痛的感覺，趕忙把眼神躲閃開了，因為再看下去的話，他會更加心痛的。

羅茜男大方地說：「喂，你的朋友已經看到我們了，我們還是過去打聲招呼吧。」

傅華本來不知道該不該跟馮葵打招呼的，羅茜男這麼說，倒是幫他做了決定，正巧馮葵也帶著男伴向這邊走來，傅華就和羅茜男迎了上去。

四人走到一起時，馮葵沒有先跟傅華打招呼，而是先對羅茜男說：「羅小姐，這麼巧，你跟傅先生也來這裏吃飯啊？」

羅茜男笑笑說：「是啊，馮小姐，沒想到會在這裏碰到你和你的男朋友，不幫我們介紹一下嗎？」

馮葵笑說：「羅小姐，你誤會了，這是我爸爸，不是我的男朋友。」

聽馮葵說這個男人是她的爸爸，傅華不由得上下打量起這個男人，就是這個男人阻礙了他跟馮葵走到一起的。

細細打量之下，傅華看出這個男人其實不止四十多歲，只是保養得很好，看上去像四十多歲罷了。

馮葵說：「來，我幫你們介紹，這是我爸爸馮玉山，爸爸，這兩位是我的朋友，這位小姐是豪天集團的總經理羅茜男小姐。」

馮玉山跟羅茜男握了握手，說：「很高興認識你，羅小姐。」

羅茜男趕忙說：「我也很高興認識您，不好意思啊，我沒想到您居然這麼年輕，所以把您當成是馮小姐的男朋友了。」

馮玉山笑說：「這有什麼不好意思的，我很高興聽一個女孩子這麼說我的。」

馮葵這時又介紹傅華說：「爸，這位是傅華，誒，傅華，我該怎麼介紹你的身分好呢？是海川市駐京辦的主任，還是熙海投資的董事長啊。」

傅華自嘲說：「怎麼介紹都一樣，這些我想都入不了馮叔叔的法眼的。」

馮玉山笑笑說：「話可不能這麼說，最近傅先生的大名在北京地界還挺響的，你跟楊志欣胡瑜非鬥倒了雎心雄不說，還拿到了豐源中心和天豐源廣場兩個項目，很風光啊。」

傅華回嘴說：「您可千萬別這麼說，很多事情都是瞎傳的，我不過是個小小的駐京辦主任，可沒那麼大的本事。」

馮玉山說：「有沒有這麼大的本事你心裏最清楚了。誒，傅先生，你跟小葵以前是不是很熟啊？」

聽馮玉山這麼問，傅華知道馮玉山一定是從剛才他和馮葵對看的異常表現中察覺到了什麼，心想這馮玉山有夠精明的，單單從兩人看對方的眼神中就能看出問題來。

傅華不想給馮葵帶來什麼麻煩，不得不謹慎的選擇措辭，就說：「我跟馮小姐是認識，不過談不上什麼很熟的程度。馮小姐以前不是有個會所嗎？我有個朋友叫胡東強，是那裏的會員，他帶我去玩過，所以才有機會認識馮小姐，要不然以我這種身分，恐怕是高攀不上馮小姐的。」

馮玉山眼中的疑惑並沒有因為傅華的解釋而消除，笑笑說：「原來你們是這麼認識的。不過，你說的這個高攀不上我可是不敢苟同，現在的社會，人和人之間都是平等的。」

傅華忍不住諷刺說：「馮叔叔，您這話恐怕自己都不相信吧，你們馮家可是這塊土地上最顯赫的家族之一，我不過是個窮人家的孩子，如果我說我跟馮小姐是平等的，大概很多人會對我嗤之以鼻……」

馮葵聽傅華越說越帶有個人情緒，生怕傅華把他們之間的情人關係給說出來，趕忙打斷了傅華的話，說：「傅先生，你跟羅小姐現在是什麼關係啊？我記得以前你跟羅小姐好像彼此很仇視，現在怎麼變得這麼親密啊？」

傅華看馮葵打斷了他的話，也意識到自己有些過於激動了，這樣很容易會讓馮玉山看出點什麼來，馮玉山可能更懷疑他了。

傅華不敢再在馮玉山面前逗留下去，就故作親密的拍了一下羅茜男的手，說：「馮小姐有所不知，彼此仇視那是很久以前的事了，我和羅小姐早就化敵為友了。好啦，馮叔叔，馮小姐，我們是不是兩便了？」

馮玉山笑笑說：「那好，我和小葵就不耽擱你們了。」

兩組人就各自去了自己的包廂。

第二章

態度問題

曲志霞對姚巍山會袒護林蘇行一點也不意外，
她事先早已想好對策，就笑了一下，說：
「我說呢，原來問題的根源是在姚市長這裏，
這就是我想說的第二個問題了，
就是林同志的工作態度問題。」

在包廂裏坐下來後，羅茜男不禁看著傅華說：「真看不出來啊，傅華，你這人其實挺善於偽裝的嘛。」

傅華愣了一下，說：「羅茜男，你這沒頭沒腦的什麼意思啊，我怎麼善於偽裝了？」

羅茜男笑說：「以前我只覺得你跟這位馮家大小姐是很好的朋友，其他的沒什麼，今天我才看出來，你們倆居然有姦情啊。」

傅華否認說：「羅茜男，別瞎說，我跟她只是朋友，有什麼姦情啊！」

羅茜男笑了起來，說：「你和馮家大小姐以前出現在我和黃董面前的時候，雖然說不上十分的親暱，但是你們彼此說話的神態卻很隨便，今天倒好，在馮玉山面前，你們一個傅先生，一個馮小姐的，彬彬有禮，裝得好像才剛認識一樣，這不是怕你們的姦情被馮玉山發現，又是為什麼啊。」

傅華不想承認這一點，大力地搖頭說：「羅茜男，不得不說你的想像力真是太豐富了，我跟馮葵可沒你想的那種姦情。」

羅茜男繼續猜測說：「你們現在肯定是沒有了，我看得出來，你對今天的碰面感到很尷尬，這不像情人間應有的表現。怎麼？馮家大小姐覺得你配不上她，把你給甩了啊？」

傅華不禁心說女人的第六感真是靈，她居然看出他和馮葵已經分手。他仍否認說：「羅茜男，我真是服了你，你的想像力可以去寫愛情小說了。」

羅茜男笑笑說：「愛情小說我是不會去寫的，不過我越發確信你是被馮大小姐給甩了，如果這不是真的，你一定會質問我憑什麼這麼說，但是你沒有質問我，一定是被我說中了。咦，為什麼啊，你現在好歹也算得上是個黃金單身漢，長得也不差，馮家大小姐怎麼會把你給甩了呢？」

傅華搖搖頭說：「羅茜男，跟你說沒這回事了，你怎麼還非賴到我頭上不可呢？行了，我們還是不要說這些無聊的八卦吧，談點有用的事行嗎？我跟你說，這次齊隆寶出了這種事，應該會被調離現在的位置……」

羅茜男不放過地說：「你這時候說齊隆寶，是想轉移話題是吧？」

傅華本來碰到馮葵心中就有些不爽，現在羅茜男又糾纏不休，就有點惱火，白了羅茜男一眼，說：「羅茜男，你煩不煩啊，你糾纏一件根本就不存在的事情有意思嗎，我在跟你說正經事呢。」

羅茜男撇了一下嘴，說：「你這樣可是有點惱羞成怒了，好吧，我不問你啦，你要說正經事就說吧。」

傅華正色說：「我是想說，只要齊隆寶被調離了現在的位置，他就失去以前那種能夠讓我們感到恐懼的能力了，對他我們就不用那麼怕了，那下一步你打算怎麼處置睢才燾啊？」

羅茜男想了想說：「如果沒有了齊隆寶的撐腰，睢才燾實際上是不足為患的，我覺得不去管他就好了。」

傅華說：「你可以不去管他，但是我覺得最好還是不要讓他繼續待在豪天集團，這傢伙待在豪天集團，對你我來說總不是一件好事。」

羅茜男看了傅華，說：「你想讓我把他趕出豪天集團，有必要嗎？」

傅華說：「我覺得有必要，怎麼說呢，睢才燾留在豪天集團，就等於是齊隆寶的一個耳目，齊隆寶可以透過他瞭解我們的一舉一動的。」

羅茜男不以為意地說：「睢才燾起不了什麼作用的，你看他在豪天集團也有一段時間了，很多重要的事他根本就不知道，齊隆寶根本就無法從他那裏得到什麼情報的。」

傅華駁斥說：「你這個想法是錯誤的。以前齊隆寶因為身居秘密部門的高官位置，可以通過秘密部門監控你和我的一切情況，無需要從睢才燾那裏得到什麼情報；然而一旦他被調離現在的位置，他就無法再利用秘密部門的力量監控我們了，那他要知道你和我的情形，勢必就要透過睢才燾這個管道了，相對的，睢才燾的作用也會變得越來越大。」

羅茜男說：「那也不用將他從豪天集團趕出去啊，我多防備他就是了。」

傅華嚴肅地說：「這不是防不防備他的問題，你要知道，下一步齊隆寶要針對我們的方向可能就變了，以前他只是想幫睢才燾奪取我們手中的項目，現在他自己都因為我們而倒楣了，他肯定會對我們更加記恨，因此他的目標可能就會變成單純的毀滅我們了；那樣的話，掌握你我的行蹤對他來說就很重要了，睢才燾如果留在豪天集團，隨時都能掌握你的行蹤。」

失去爪牙的老虎依舊是老虎，是老虎就仍有傷人之心，這不能不讓傅華對齊隆寶和睢才燾有所防備。

羅茜男沉吟了一下，說：「可是我在這時候將睢才燾趕出豪天集團，很容易激怒他的，我可不想在局面剛剛穩定下來的時候，再跟睢才燾有什麼紛爭。這樣吧，我會對他更加防範的，暫時不將他趕出豪天集團。」

傅華知道羅茜男是擔心睢才燾因此抽走投入到豪天集團的資金，影響到豪天集團的運作，看來是很難說服羅茜男趕走睢才燾了，只好說：「好吧，你非要堅持留下他來也行，不過你最好是能夠看好他。」

羅茜男很有把握地說：「你放心好了，我會看住他的。」

第二天上午，海川市政府，市長姚巍山辦公室。

姚巍山正在接待李衛高。李衛高是為了伊川集團的貸款事宜趕來海川的，陸伊川遲遲沒能拿到貸款，就有些著急，讓李衛高過來問問姚巍山究竟是怎麼一回事。

聽李衛高說明來意之後，姚巍山眉頭皺了一下，他也正在為這件事煩惱呢。他還沒有想到辦法能讓曲志霞同意讓海川市財政為伊川集團作擔保，沒有擔保，銀行又怎麼會同意貸款給伊川集團呢。

姚巍山只好說：「哎呀，李先生，你跟那個陸伊川說一聲嘛，貸款的事涉及到很多層面，哪能說辦就辦出來的啊。」

李衛高疑惑的看了看姚巍山，說：「姚市長，陸伊川說您不是已經擺平了海川市的幾大銀行了嗎？銀行都擺平了，應該就沒什麼問題了才對啊。」

姚巍山嘆氣說：「李先生，你想的太簡單了，擺平銀行只是其中一方面，貸款總是需要擔保的吧？現在滿足不了銀行要求的擔保條件，他們自然是不肯放貸了。」

李衛高奇怪地說：「這件事還不簡單嗎，讓伊川集團用項目的土地作擔保就是了。」

姚巍山搖頭說：「你當銀行是傻瓜啊？伊川集團這次需要的是幾十億的資金，那個項目的土地值多少錢啊？銀行根本就不肯接受伊川集團用那塊地作抵押物。」

李衛高不禁問道：「那他們想要什麼啊？」

姚巍山說：「他們要求海川市財政幫伊川集團作擔保。」

李衛高聽了說：「那樣豈不是更好辦了，您是海川市的市長啊，下個命令給海川市財政局長，讓海川市財政出面幫伊川集團做這個擔保就是了。」

姚巍山為難地說：「老李啊，政府方面的運作不是你想的那樣簡單，我跟財政局之間還隔著一個分管副市長呢，現在這個分管副市長堅決不同意海川市財政做這個擔保。」

李衛高卻說：「姚市長，不是我把政府的運作想得太簡單，而是您把它想得太複雜了。您這個市長是負責全面工作的，那些副市長是協助你工作的，也就是說，您完全有權命令財政局這麼做的，結果你倒好，反而被一個副市長給挾持了，什麼都不敢做。」

姚巍山愣了一下，說：「你是要我繞過分管的副市長，直接命令海川市財政局給伊川集團作擔保？」

李衛高笑了笑說：「怎麼，您沒有這個權力嗎？」

「這個權力我倒是有，」姚巍山說：「不過，這樣風險很大，將來萬一出了什麼問題，責任可就是我一個人的了。」

李衛高用激將法說：「這就需要您拿出魄力來了。姚市長，這可是您許可權範圍內的事，要做就做吧，畏手畏腳是出不了什麼政績的。」

姚巍山遲疑了，好半天都沒說話。

李衛高看了看姚巍山，使出三寸不爛之舌說：「姚市長，要知道您成為這個海川市市長的時間也不短了，如果您再不做點成績給省委看的話，就不怕省委的領導對您失望嗎？再說，伊川集團是一家很成功的公司，他們上這個項目，是做過很長的調研，經過綜合考慮，認為這個項目有很好的發展前景才決定上馬的，又怎麼會出現什麼問題呢？」

姚巍山顧慮地說：「李先生，商業上的事是很難說的，市場瞬息萬變，今天看著有很好前景的項目，等上馬後，可能就會變成虧損的事業了。」

李衛高繼續遊說：「姚市長，我總算明白為什麼您會在乾宇市市委副書記的位置上那麼多年都動不了窩了，您這個人，別的什麼都好，就是嚴重的魄力不足啊。伊川集團這種項目別人求都求不來的，現在我把它帶來，您卻還瞻前顧後，猶豫不決，我真不知道要說您什麼好了。」

姚巍山辯解說：「李先生，我不是不想幫伊川集團這個忙，貸款的事我也幫伊川集團做了不少的工作了，只是我現在還沒找到一個穩妥的解決辦法而已。」

李衛高責備說：「姚市長，這就是您的問題所在了，這個世界上沒有什麼十分穩妥、一點風險都沒有的事。像伊川集團這件事您就應該拿出魄力來，該做就做，將來等項目成功了，您的政績也有了，別人只會讚嘆您的領導魄力的。」

姚巍山猶豫地說：「那一旦失敗了呢？」

李衛高搖搖頭說：「姚市長，您的顧慮真是多啊，您怕什麼啊，難道說失敗了還需要您本人去償還這幾十億的資金嗎？肯定不會的。萬一不幸失敗就更簡單了，求進步嘛，總是要付出代價的，失敗了就當交學費好了。」

姚巍山聽了說：「李先生，我承認你說的很對，但是這個方案還是存有一定的問題，不到逼不得已，我不想這麼做。這樣吧，你跟陸伊川說，就說我一定會幫他把貸款問題給解決掉的，不過他需要稍稍忍耐一點時間。」

李衛高無奈地說：「好吧，姚市長，我會把您這話帶給陸伊川的。不過，您最好也抓緊時間，拖的時間如果長了，伊川集團這個項目可能就會失去最好的發展時機了。」

姚巍山點點頭說：「行，我知道了。」

李衛高就告辭趕回乾宇市了。

姚巍山送走李衛高不久，從北京回來的林蘇行就出現在他的辦公室。

姚巍山直奔主題，說：「老林啊，你有沒有從別的管道查到曲志霞與吳傾被殺一案的資料啊？」

林蘇行搖搖頭說：「沒有，姚市長，這次曲志霞找的人應該是個高手，檢察院和法院的案卷我都找朋友調出來看了，裏面沒有絲毫牽涉到曲志霞與吳傾間有不正當關係的資料。」

姚巍山嘆口氣，說：「哎，我還以為你能找到威脅曲志霞的東西呢，看來是白跑了一趟，伊川集團貸款的事只好按照李衛高說的辦法去辦了。」

林蘇行說：「李衛高來過這兒了？」

姚巍山說：「是啊，他剛走一會兒，陸伊川現在拿不到貸款有些急了，讓李衛高來催我趕緊解決這件事。」

林蘇行問：「那他想讓您怎麼解決這個問題啊？」

姚巍山嘆說：「李衛高的意思是讓我繞過曲志霞，直接給財政局局長下命令，讓財政局給伊川集團貸款作擔保。我原本想，這樣做對我來說責任太大，想等你找到解決曲志霞的辦法。現在看來你這邊的路是走不通了，迫不得已只好用李衛高的辦法了。」

林蘇行鼓吹說：「我覺得李衛高說的這個辦法應該沒什麼問題，您是海川市的市長，如果這麼做，別人也不敢說什麼的。」

姚巍山想想也是，他在海川算是一人之下眾人之上的角色，只要孫守義不出來反對，曲志霞那些人是沒有反對的權力的。而現在孫守義對這件事的態度，基本上算是袖手旁觀，應該不會干涉他指令海川市財政局給伊川集團貸款作擔保的。

姚巍山下定決心說：「那行，我下午就把財政局局長找來，讓他幫伊川集團把貸款擔保的事給解決了。」

下午，姚巍山就把海川市財政局局長給叫了來，把他要幫伊川集團貸款作擔保的事跟財政局局長說。財政局局長不敢答應，再三的找理由推託。

姚巍山就有些火了，一拍桌子站了起來，衝著局長叫道：「我這個市長讓你做件事，你這樣不行那樣不行的，你這個財政局長就是這麼幹的嗎？你如果勝任不了這個職務的話，趕緊向市裏面打辭職報告，你幹不了，我找能幹的人去幹好了。」

財政局局長看姚巍山這個樣子，心中就有些怕了，雖然他知道姚巍山還沒有權力直接免掉他這個局長的職務，但是如果不答應姚巍山的話，恐怕姚巍山就會跟他走到對立面上去，那今後他這個財政局局長的日子一定不會好過的。

迫於無奈，財政局局長只好答應說再研究一下，看看這問題怎麼解決。

姚巍山看財政局局長態度軟了下來，便說道：「我不是要你看這個問題怎麼解決，而是要你必須解決。如果你沒辦法解決這個問題的話，我會建議市委撤掉你這個沒有工作能力的財政局長的。」

財政局局長在心裏評估了一下自己和姚巍山抗衡的實力，為了不丟掉局長的寶座，只好答應姚巍山一定會給伊川集團做這個擔保。

這件事馬上就傳到了曲志霞的耳朵裏，曲志霞十分火大，姚巍山繞過她這個分管副市長，直接給財政局下命令，這等於是侵犯了她的權力，這是她無法容忍的，於是曲志霞就去找到了市委書記孫守義。

曲志霞抱怨說：「孫書記，我這個常務副市長沒法幹了，姚市長現在也不跟我商量，直接就插手去管財政局的事，那還要我這個分管副市長幹什麼，他能幹就都給他幹好了。」

孫守義不明究理地說：「曲副市長，你別急，你先跟我說說究竟是怎麼一回事啊？」

曲志霞就把姚巍山繞過她，直接命令財政局局長給伊川集團作擔保的情形，大致上給孫守義作了彙報。

孫守義聽完，眉頭皺了起來，不得不說，姚巍山這次的做法又是破壞了官場規矩。在官場上，官員各自所擁有的權力是有一定界限的，雖然市長是抓全面工作的，但是具體到某一項工作的時候，市長還是應該尊重該項工作的分管副市長的，而繞過分管副市長直接對工作進行處分，顯然是越過了權力邊界的一種行為。

然而，理論上講，姚巍山這個市長是可以決定市政府管轄範圍中的所有事情，孫守義也沒辦法依據這個去指責姚巍山這麼做就是錯了；另一方面，這些事是屬於市政府的範疇，孫守義這個市委書記也不好干涉太多，而且他也不想干涉太多，姚巍山身後可是有馮玉清這個省委書記，他如果干涉太多，說不定會招來馮玉清對他的不滿。

孫守義就緩頰說：「曲副市長，你要知道姚市長是抓市政府全面工作的，因此他是有權力這麼做的，我不能因為這個就去指責姚市長。」

曲志霞不平地說：「可是他讓市財政幫一家私營公司做擔保，這明顯有問題，將來一旦出現不能償付的情況，市財政的損失就大了。」

孫守義說：「曲副市長，這個問題你就不要去管了，既然這件事是姚市長的決策，那將來他也要為這個決策承擔責任的。」

從孫守義辦公室回來，曲志霞的心情十分鬱悶，她並沒有從孫守義那裏得到想要的支持。畢竟她只是個副市長，沒有孫守義的支持，她是不能拿姚巍山怎麼樣的。這樣子的話，對姚巍山繞過她去命令財政局給伊川集團擔保這件事，她也只能選擇忍受下來了。

但是曲志霞心頭這口怨氣卻很難咽得下去，心中越發的想要透過打擊林蘇行給姚巍山一個教訓了。

第二天，姚巍山主持了市長辦公會，在討論完預定的議題之後，姚巍山照往常一樣的問了一句：「大家還有別的什麼事情需要提出來討論的嗎？」

曲志霞說：「姚市長，我有事情需要提出來討論一下，可以嗎？」

姚巍山並不擔心曲志霞這麼做，他已經知道曲志霞昨天去找過孫守義，向孫守義表達了對他的不滿，不過，曲志霞並沒有獲得孫守義的支持。所以姚巍山絲毫不擔心曲志霞在市長辦公會上提起這件事。如果曲志霞敢不知趣的提起這件事，他會給她一個硬釘子碰的。

於是姚巍山很輕鬆地說：「可以啊，曲副市長，你想說什麼就說吧。」

曲志霞說：「是這樣的，我是想反映一下副秘書長林蘇行同志最近的一些問題，請姚市長看看應該如何處理。」

姚巍山愣了一下，他沒想到曲志霞不是針對擔保的事對他發難，而是把矛頭對準了林蘇行。海川政壇的人都知道林蘇行是他的人，曲志霞指責林蘇行，不用說也知道這是要打狗給主人看的。

姚巍山已經開口同意曲志霞把問題提出來討論了，此刻無法不讓曲志霞繼續說下去，不過他的臉色陰沉了下來，顯然對曲志霞這種報復行徑心中很是不滿。

姚巍山冷冷地說：「曲副市長，你想反映林蘇行同志什麼問題啊？」

曲志霞說：「第一個問題是，大家都知道林蘇行同志所擔任的副秘書長職位是應該配合我這個副市長工作的，但是不知道什麼原因，我常常找不到林蘇行，一問卻是去處理姚市長的事情去了。這我就奇怪了，姚市長的事務應該是黃秘書長配合處理的啊，林蘇行這麼做是什麼意思？難道他是想搶黃秘書長的位置去做嗎？」

聽曲志霞拿這個來做林蘇行的文章，姚巍山心裏冷笑了一聲，心說：曲志霞，你到底還是嫩了點，不管怎麼說，林蘇行這麼做也是為了市政府的工作，就算有些不當的地方，也不是什麼大不了的錯誤。

姚巍山就說：「曲副市長，這件事我需要幫林同志解釋一下，這可能是我做的不太好，因為我和林同志比較熟，有時候會把一些事情交由他去處理，沒想到會因此影響了曲副市長的工作。既然曲副市長對此有看法，那我以後會注意的，不會再拿我的事情去麻煩林蘇行同志了。」

姚巍山這麼說是把責任幫林蘇行給扛了起來，他是市長，主動承擔責任，曲志霞這個副市長就算是對這件事再有看法，也無法再說什麼了。

曲志霞對姚巍山會袒護林蘇行一點也不意外，她事先早已想好對策，就笑了一下，說：「我說呢，原來問題的根源是在姚市長這裏，這就是我想說的第二個問題了，就是林同志的工作態度問題。」

姚巍山見他都出面承擔責任了，曲志霞卻還是不饒不休，就有些不高興的說道：「曲副市長，你沒聽清楚我說的話嗎？我說了，這件事情責任在我，我是市長，我讓林同志去做事，林同志不好拒絕，這與他的工作態度無關。據我所知，林同志對工作是很負責的。」

曲志霞看了姚巍山一眼，說：「姚市長，我的話還沒說完呢，您如果非要袒護林蘇行同志，不讓我說話的話，也行，我不在這裏說了，我可以向市委甚至省委去反映蘇行同志的問題，讓市委或者省委對蘇行同志的做法給一個公正的判斷。」

姚巍山這時候意識到曲志霞是想把這件事給鬧大啊，如果這件事鬧大了的話，不論最終的結論如何，就算是林蘇行的行為被認為沒有問題，他也得不到什麼便宜，因為那樣市委和省委會認為他這個市長連一個副市長和副秘書長之間的糾紛都處理不好，他的能力會因此而備受質疑的。

姚巍山當然不想看到這種情形出現，所以曲志霞和林蘇行的糾紛一定要在市政府內部處理，就算是要打狗也要在自家打，不能讓家醜外揚，這樣他就不能不讓曲志霞繼續說下去了。

姚巍山心想：不管怎麼說，海川市政府現在是我在當家，這次會議還是我主持的，就算是林蘇行的工作態度再不端正，最終要怎麼處置他也得我表態，我就不信你能翻了天去。

於是，姚巍山就說：「曲副市長，你可別亂扣帽子啊，我並沒有說不讓你說話啊，你要說什麼就請繼續吧。」

曲志霞笑笑說：「既然姚市長給我機會表達我的意見，那我就繼續說了。因為常常找不到林同志，我就跟黃秘書長反映了這個情況，想說讓黃秘書長提醒他一下，就算是要去討好姚市長，也要先把本職工作做好才行。」

姚巍山聽曲志霞還是把問題的焦點放在林蘇行來幫他做事上面，就有些惱火了，再次打斷了曲志霞的話說：「曲副市長，我真是不知道怎麼說你好了，我都強調過了，是我讓林同志去幫我做事的，不是林同志要來討好我，這個責任在我，不在林同志身上。」

看姚巍山再次打斷她的講話，曲志霞也火了，拿起面前的筆記本往桌子上猛地一拍，叫道：「姚市長，你到底還讓不讓人把話說完了啊？」

姚巍山知道曲志霞這是在借題發揮，就說道：「好，曲副市長，我不再插話總行了吧？」

曲志霞就繼續說道：「結果我跟黃秘書長反映了這個情況之後，黃秘書長對我大吐苦水，說他也提醒批評過林同志了，但是林同志當他的面答應得好好的，轉過頭來卻依然我行我素。」

說到這裏，曲志霞轉頭看了看黃小強，說：「黃秘書長，事情是不是我說的這樣啊？」

黃小強點了一下頭，附和說：「是的曲副市長，您說的一點沒錯，林同志的工作態度確實很成問題。不過有一點我說明一下，在我提醒林同志的過程中，他可從來沒有說過是姚市長指示他這麼做的，他只跟我說以後會注意，但是過後依舊我行我素。」

黃小強的話雖然沒有把矛頭直接指向姚巍山，但是卻點出林蘇行從未說過是受姚巍山指示才去幫姚巍山做事，這是變相的指責姚巍山袒護林蘇行。

黃小強是市政府的老人，在市政府很有威望，加上林蘇行在姚巍山的支持下要取他而代之的意味已經表露無遺，他知道不管怎麼做都無法討得姚巍山的歡心，因此對姚巍山也就沒什麼顧忌了。

黃小強看了看姚巍山，說：「姚市長，我實在忍受不了林同志的工作態度了，不僅僅是曲副市長這樁事情，別的事他也是這個樣子，該他處理的事他不去處理，不該他處理的事他卻亂插手，我這個做秘書長的管他他還不聽。我真不知道該拿他怎麼辦好。」

看到黃小強也站出來聲討林蘇行，姚巍山敏感地察覺到今天的情況不是那麼簡單，曲志霞事先一定是跟黃小強做過溝通，兩人取得了一定的共識後，曲志霞這才會拿林蘇行的問題向他發難的。

姚巍山看黃小強面紅耳赤，一副氣哼哼的樣子，知道林蘇行是真的惹到了這個黃小強，心裏未免對林蘇行這種不知進退的做法感到有些生氣，因為他很鄭重的告誡過林蘇行，對黃小強這個秘書長應該給與必要的尊重。

但生氣歸生氣，姚巍山卻還不得不維護林蘇行，因為維護林蘇行實際上就是維護他自己，不然的話，他在市政府剛剛勉強建立起來的威信將會受到嚴重的損害。

姚巍山強笑了一下，說：「黃秘書長，事情沒你說的那麼嚴重吧？據我所知，林同志對上級領導是很尊重的，不至於不服從管理吧？你可能是對他有所誤解了。」

黃小強這時已經有豁出去的意思了，反正他已經得罪了姚巍山和林蘇行，伸頭是一刀，縮頭也是一刀，就不高興地說道：「姚市長，您這麼說，意思是我這個秘書長管林同志管錯了嗎？好吧，我承認我沒有能力管林同志總可以了吧？如果姚市長您真的有意想要讓他來接替我的話，您可以早點向省委建議把我換掉，我並不戀棧的。」

姚巍山有些尷尬，他是有意想要林蘇行取代黃小強，但是需要等待時機，現在他還沒有能夠讓林蘇行坐上市政府秘書長位置的能力。這時候姚巍山知道他暫時是無法維護林蘇行了，就算明知這次他被曲志霞和黃小強聯手給算計了，也不得不表態批評一下林蘇行，不然的話，這個場面無法收拾。

姚巍山趕忙陪笑說：「黃秘書長，你可千萬別這麼說，我對你的工作很滿意，一點都沒有讓林蘇行取代你的意思。看來林同志的工作態度確實存在問題，這樣吧，回頭我會找他好好談一談，嚴厲的批評他一下，讓他端正工作態度，做好本職工作，並責令他向兩位道歉。」

姚巍山講完，刻意看了看曲志霞和黃小強，暗自冷笑說：你們倆聯手又怎麼樣呢，主導權還是在我這個市長手中，我批評一下並讓林蘇行作出道歉，對林蘇行來說無關痛癢，但是你們想要算計我的心思就白費心機了。

姚巍山認為這時候林蘇行這件事應該已經畫上句號了，就說：「曲副市長、黃秘書長，我這麼處理，兩位應該滿意了吧？」

沒想到曲志霞卻笑笑說：「姚市長，您先別急啊，我要反映林同志的問題還沒反映完呢。」

姚巍山眉頭皺了起來，這個女人今天還真是咬住林蘇行不放了，不過事情發展到這個地步，他也只好讓曲志霞把話說完，就沒好氣的說：「林蘇行還有什麼問題啊？」

曲志霞接著說：「林同志下面的問題，就不是什麼工作態度的問題，而是涉嫌侵佔市政府財產的問題了。姚市長一定知道林同志這次帶著他的岳父到北京去看病的事吧？」

姚巍山愣了一下，說：「這我知道，他岳父的病需要到北京的大醫院進行確診，他跟市裏面也請了假了，這有什麼問題啊？」

曲志霞笑笑說：「他帶岳父去看病這沒什麼問題，但是他帶岳父去北京住在駐京辦的海川大廈，離開時卻沒有結算他們在海川大廈的食宿費用，這就有問題了。請問姚市長，林同志因私人行程在北京所產生的費用，憑什麼讓我們的駐京辦來負擔啊？」

姚巍山心裏暗罵曲志霞不是個東西，沉著臉說：「曲副市長，你不能隨便就說我們的同志是侵佔公產吧？林同志沒結算在海川駐京辦的費用可能只是一時疏忽而已。」

「一時疏忽，」曲志霞笑笑說：「姚市長，您可真是幽默啊，您出門旅行住酒店，會不會因為一時疏忽就忘記付食宿費用啊？」

姚巍山立即說：「那當然不會，不過通常酒店都會主動要求結算，所以這件事也不能單純責怪林同志一個人，駐京辦也有責任，他們也沒要求林同志付清費用吧，否則林同志也不可能就這麼離開的。」

曲志霞聽了說：「姚市長這一點說的倒也是，我跟駐京辦的同志瞭解了一下，他們確實沒有主動要求林同志結算食宿費用，因此他們也存在一定的錯誤，但是林同志作為領導幹部，應該比一般同志更加嚴格要求自己，他這種明知該付清費用卻不結算的行為，就是很嚴重的錯誤了。」

曲志霞說到這裏，抬起頭看著姚巍山，說：「所以姚市長，我建議市政府對駐京辦的錯誤行為給予通報批評，而林同志利用職權為自己謀取私利，依據《行政機關公務員處分條例》第二十三條的規定，應該給予記過處分，並責令林同志立即付清他和他岳父一家人在海川大廈所產生的食宿費用，向市政府做出書面的檢討。」

姚巍山一聽自然無法接受，記過處分是要被列入檔案的，並且公務員在受處分期間不得晉升職務和級別，記過處分的期限是十二個月，也就是說，這一年裏，林蘇行不得晉升職務和級別。

林蘇行這趟北京之行是被姚巍山安排去查曲志霞的私事的，當然不想林蘇行因為他而受記過處分，就說道：「曲副市長，你這個提議是不是有點太過嚴苛了，對我們自己的同志應該以批評教育為主才好。」

曲志霞反駁說：「姚市長，我並不覺得這麼做嚴苛，我問了駐京辦的同志，他們說林同志這次在海川大廈住的是最高檔的房間，吃飯也是按照最高標準給予安排，由此產生的費用高達幾千塊之多，如果不對此加以懲處的話，那我們的同志以後有樣學樣怎麼辦啊？」

姚巍山很清楚在這一點上林蘇行是冤枉的，林蘇行和他的岳父之所以在駐京辦得到這麼高標準的接待，完全是因為他事先跟傅華打過招呼的緣故，但這時候他卻不能承認這一點，要是承認的話，錯的就是他這個市長了。

黃小強趁機幫腔道：「我覺得曲副市長說的很有道理，現在中央要求我們要整頓工作作風，厲行節約，林同志卻因為私人的事讓駐京辦給他安排這麼高檔的食宿，這個行為顯然是十分錯誤的，我們對此應該加以懲處。」

胡俊森也附和道：「是啊，駐京辦是市政府用於公務接待的地方，可不是一些領導幹部的七大姑八大姨都可以來佔便宜的地方，因此我認為對林同志這種行為給予嚴懲是十分必要的。」

姚巍山看形勢完全呈一面倒的趨勢，只有他一個人在為林蘇行爭取，連他提拔起來的副市長郭定國也沒有站出來聲援的意思，就知道這次他想要林蘇行不受記過處分是不太可能的了。

姚巍山雖然可以利用會議主持人的權力將這件事情擱置下來，但是他知道這次曲志霞和黃小強是想要咬死林蘇行，一定會追著這件事不放的，這次他可以擱置，但是想要將這件事完全置之不理卻是不太可能的。同時，這件事如果老不處置的話，也會成為對手攻訐他的一個藉口，這對他來說，肯定是相當不利的。

姚巍山嘔得不行，心裏罵了句娘，心說我這個市長做得也太窩囊了，居然被幾個副市長聯手挾制到不得不處置自己親信的地步。媽的，等著吧，一旦我掌握了海川的局勢，我一定會讓你們幾個付出代價的。

姚巍山鐵青著臉說：「既然大家都認為應該給與林蘇行記過處分，那就這麼辦吧。」

第三章

偽裝功夫

傅華搖搖頭說：

「我不明白你的意思，你怎麼會栽在我的手中呢？」

齊隆寶說：「傅華，你就不用再在我面前裝了，

雖然你偽裝的功夫一流，前面連我都被你騙了，

但我現在已經這樣了，你再裝下去就沒什麼意義了吧？」

北京，海川大廈，傅華辦公室。

傅華接到林蘇行的電話，林蘇行的語氣明顯有些沮喪，說：「傅主任，這一次不好意思啊，害得你們駐京辦也跟著我受了批評。」

傅華趕忙客套地說：「您千萬別這麼說，駐京辦也有做得不對的地方，如果當時駐京辦通知你結算費用的話，也不至於鬧成現在這樣的。」

林蘇行說：「好了傅主任，這些我們都不要說了，我打電話給你，是想麻煩你讓財務幫我結算一下食宿費用有多少，然後通知我一聲，我好把這些費用匯給你們。」

這也是處分的一部分，責令讓林蘇行付清在駐京辦的食宿費用，傅華就說：「行，沒問題，我會讓財務跟你聯繫的。」

林蘇行說：「那行，就這樣吧。」

林蘇行掛了電話，傅華心想；這下子恐怕海川市政府將會有熱鬧看了。這次林蘇行被處分，姚巍山算是被曲志霞狠狠地打了一次臉，以姚巍山的個性來看，他絕不會就此善罷甘休的，一定會想辦法報復曲志霞；但是曲志霞也不是個省油的燈，一定也會想辦法還擊，海川市政府將會因為這兩個人不得安寧。

這時，傅華的手機響了起來，是胡瑜非打來的。

胡瑜非興奮地說：「傅華，告訴你一個好消息，志欣跟我說，齊隆寶已經被調離現在的秘密部門，被調到一個研究中心去做主任去了。」

傅華聽了，高興地說：「太好了，沒想到上面這次的動作這麼迅速啊。」

胡瑜非說：「其實這也是為了保護齊隆寶而採取的措施，不讓他有機會犯更大的錯誤，對魏立鵬也好交代。」

兩人正說著，有人敲辦公室的門，傅華喊了聲進來，就看到齊隆寶面帶微笑地推開門走了進來，傅華不禁呆住了，怎麼也想不到齊隆寶會在這時候大搖大擺地出現在他的辦公室。

面對這個令人恐懼的對手，傅華心裏難免有些緊張，他趕緊對著電話那邊說：「胡叔，我不能跟您聊了，齊隆寶突然來了。」

胡瑜非驚訝的說：「齊隆寶去你那兒了，這傢伙想要幹嘛？你可要小心啊。」

傅華低聲說：「我也不知道他想來幹嘛，不過他是一個人來的，我想我能夠應付他的，先掛了。」

傅華就掛了電話，然後站起來看著齊隆寶，警惕的問道：「姓齊的，你跑我這裏來是想幹什麼？」

齊隆寶笑笑說：「傅華，你別緊張，剛才跟你通話的人是胡瑜非吧？」

傅華點點頭說：「是，怎麼了？」

齊隆寶說：「那他一定是打電話通知你我被調職的事了，你就應該知道我現在已經沒有能力威脅到你的安全了，所以你不用害怕我。」

傅華警惕的看著齊隆寶，說：「你這個傢伙太危險了，就算你不在秘密部門任職了，我也不敢對你掉以輕心的。」

齊隆寶自嘲說：「沒有秘密部門的權力，我現在恐怕都沒有你這個駐京辦主任的權力來得大，就只是個上了年紀的普通人而已，單打獨鬥的話，我不一定是你的對手的；再說，我來這裏並無惡意。」

傅華看了齊隆寶一眼，齊隆寶從進門到現在一直表現得很溫和，這讓他不再那麼緊張了，就說：「姓齊的，那你該感到幸運才對，起碼你全身而退了。本來我以為你作惡多端，應該不得好死的才對。」

齊隆寶笑了起來，說：「是，我是很幸運，組織這麼安排，也算是照顧我的面子了。誒，傅華，以後不要再叫我『姓齊的』了，這麼叫很難聽，我的名字叫做齊隆寶，你直接叫我齊隆寶，或者叫我老齊都行。」

齊隆寶表現得越來越隨和，倒讓傅華有些摸不著頭腦了，他看著齊隆寶，納悶的說：「你究竟想來幹嘛啊？」

齊隆寶說：「沒想幹嘛，就是想跟你聊聊。傅華，我們可以坐下來說話嗎，這麼站著說挺累人的。」

傅華說：「好吧，你請坐吧，我真不知道我們之間有什麼好談的。」

齊隆寶就在傅華對面的椅子上坐了下來，傅華看他坐下，自己也坐了下來。

齊隆寶接著說：「我們可談的東西太多了，傅華，我現在覺得我可能真是有點小瞧了你，想不到我齊隆寶居然會栽在你的手裏。」

傅華不知道齊隆寶來找他的真實意圖是什麼，便搖搖頭說：「我不明白你的意思，你怎麼會栽在我的手中呢？我可沒那麼大的能力。」

齊隆寶用一副玩味的眼神看著傅華，說：「傅華，你就不用再在我面前裝了，雖然你偽裝的功夫一流，前面連我都被你騙了，但我現在已經這樣了，你再裝下去就沒什麼意義了吧？」

傅華從齊隆寶的眼神中感覺到安部長並沒有告訴他被調職的原因，因此齊隆寶不清楚組織對他和楚歌辰的事究竟知道些什麼，所以才來試探他的。

傅華裝糊塗地說：「齊隆寶，雖然我對你被調職感到很高興，但是這份功勞真的不屬於我，我有點不明白你為什麼非要說你是栽在我的手裏呢？」

齊隆寶用手點了點傅華，說：「你還裝啊，當我不知道你和楊志欣曾經去見過安部長嗎？」

傅華說：「我不否認和楊志欣去見過安部長，但是那並不代表你就是栽在我的手裏。」

齊隆寶質問說：「那你們去見安部長幹什麼啊？」

傅華笑笑說：「安部長是想從我這裏瞭解一些事。」

齊隆寶追問說：「安部長想向你瞭解什麼事？」

傅華此時可以確定齊隆寶並不知道他與楚歌辰往來密切這件事已經敗露了，既然安部長沒有告訴齊隆寶這一點，肯定安部長有這麼做的理由，他就更不能把這件事跟齊隆寶說了。

傅華嘲諷說：「齊隆寶，你好歹也是在秘密部門混過的人，怎麼問這麼外行的話啊，你應該知道這種談話是會被要求保密的。」

齊隆寶冷笑說：「好吧，這算是我不對，我不問了就是了。傅華，其實回想起整件事，我們之間似乎並沒有什麼不可調和的矛盾，我和你真是不應該鬥得你死我活的。」

傅華說：「齊隆寶，你這話說得可真幽默啊，好像是我想要跟你鬥個你死我活的一樣，我躲你都來不及了，是你非逼我跟你鬥的。」

齊隆寶道歉說：「不好意思啊，我那時候鑽進牛角尖了，覺得是你害了老睢，老睢跟我是過命的交情，我不幫他出這口氣不行；但現在想想，老睢有今天也是自作自受，就算是你不出來揭發他，他的事情遲早有一天也會被人揭發出來的。」

傅華納悶地看著齊隆寶說：「齊隆寶，我被你搞糊塗了，你這是在做自我檢討嗎？你今天究竟葫蘆裏賣的什麼藥啊？」

齊隆寶笑笑說：「對，我是在做自我檢討。其實今天我來，主要是想跟你講和的。」

「講和？我沒聽錯吧？」傅華驚訝的說。

齊隆寶說：「你沒聽錯，你看我現在也算是倒楣了，沒有了秘密部門的權力，我不能再對你怎麼樣，你再來針對我也沒什麼意思，所以我們講和吧。」

傅華不清楚齊隆寶是誠心要跟他講和還是有別的意圖，不過不管怎麼樣，能讓齊隆寶低頭跑來示弱，也算是個不小的勝利。

傅華說：「齊隆寶，其實我們之間無所謂什麼講和不講和的，從我們開始交手到現在，我都是一個被逼迫的角色，我也沒有非要把你置於死地的想法和能力，所以只要你不來威脅我和我身邊親友的安全，我也不會去針對你的。」

齊隆寶聽了說：「你這麼說，我就當你同意講和了，以前的事就一筆揭過，以後我們大家和平相處，你看行嗎？」

傅華說：「我同意以前的事情一筆揭過，至於和平相處嘛，就算了吧，我們是不可能做朋友的，以後大家不要見面就好了。」

齊隆寶笑說：「好吧，我也清楚你不想看到我，我馬上就消失好了。」

齊隆寶就離開了傅華的辦公室，傅華呆愣了半晌，他從未想過他跟齊隆寶的戰爭會以這種方式結束，對剛才發生的一切有恍若夢中的感覺。

就在傅華還在發愣的時候，胡瑜非急急走了進來，緊張地問道：「傅華，那個齊隆寶呢？」

傅華回過神說：「他剛走，誒，胡叔，您怎麼來了？」

胡瑜非擔心地說：「你說齊隆寶來找你，我不放心，就趕過來看看情況，他來找你幹什麼啊？」

傅華莫名其妙地說：「他說是來跟我講和的，不過我不相信他會這麼容易就繳械。」

胡瑜非說：「我倒覺得這可以理解，他知道自己都做了些什麼事，就算這次托庇於他的父親得以全身而退，總是做賊心虛，如果你再追著他不放，給他鬧出什麼新的事來，他恐怕就難以承受了。」

傅華說：「胡叔的意思是說，他這次講和是真心的了？」

胡瑜非點點頭說：「我覺得他是真心的，審時度勢，他也必須這麼做。」

傅華仍然不敢置信地說：「真沒想到事情到最後會這麼容易解決，這反而讓我心裏有些不安。」

胡瑜非笑說：「那你覺得事情該怎麼解決啊？你和齊隆寶之間非得死一個才行嗎？」

傅華搖頭說：「也不是非得那樣子，不過現在這麼解決也太容易了些。」

胡瑜非安撫說：「好了，傅華，你也別疑神疑鬼的了，齊隆寶的事你可以放到一邊去了，還是專心去搞熙海投資那兩個項目去吧。你既然沒事，我就回去了。」

這時候傅華大致可以確信他跟齊隆寶的戰爭算是告一段落了，就趕忙撥通羅茜男的電話，把齊隆寶來講和的事跟羅茜男說。

「告訴你一個好消息，齊隆寶那個混蛋剛才來我這兒，說要跟我們講和。」傅華向羅茜男報告這個好消息。

羅茜男有些不相信地說：「講和，他為什麼要跟我們講和啊？」

傅華說：「他現在已經被調離秘密部門，現在在一家研究中心當主任，所以他已經沒有能力威脅到我們了，又怕我們再去對付他，所以才跑來找我講和。」

「他被調離原來的崗位了？」羅茜男高興地說：「我說睢才燾今天上午臉色怎麼那麼難看呢，原來是他的靠山倒了啊。」

傅華笑說：「那肯定是了，這個消息睢才燾肯定比我們要早知道，我們這下子總算是可以鬆一口氣了。」

羅茜男仍有戒心地說：「雖然是可以鬆口氣了，不過，傅華，你可別忘了那個農夫和蛇的故事，現在齊隆寶是一條被凍僵的蛇，一旦蘇醒過來，還是會咬人的。」

傅華說：「這我知道，不過短時間來看，這條被凍僵的蛇暫時是無法醒過來的，所以我們目前可以放心了。」

這時，湯曼領著兩個男人敲門走了進來，傅華不禁問道：「什麼事啊，小曼？」

湯曼通報說：「傅哥，這兩位是來自中衡建工的人，說是找你有事。」

聽說是中衡建工的人，傅華上下打量了一下來人，兩個男人當中，那個中年男人神態倨傲，頭微微上昂，看人是一種俯視的眼光；另一個男人年紀則是三十歲左右的樣子，在中年男人面前表現的有些謙卑。

傅華心中判斷這個中年男人應該是中衡建工裏一位相當有權勢的人物，而那個年紀較輕的，則很可能是這個中年男人的助理之類的人。

判斷出兩人的身分後，傅華就有些納悶了，他跟中衡建工打交道都是透過倪氏傑和余欣雁，並沒有聽說有什麼人會來，那這個中年男人突然跑來是為了什麼呢。

傅華就對羅茜男說：「我這邊來客人了，改天再聊吧，掛了啊。」

傅華掛了電話，然後走到中年男人面前，說：「不知道您怎麼稱呼？」

那個三十左右歲的男人說道：「這位是中衡建工的總經理金正群，我是他的助理蕭進廣。」

傅華聽了說：「幸會啊，金總。」

金正群也客套地說：「幸會，傅董。」

傅華分別和金正群和蕭進廣握了手，然後領著他們去沙發那裏坐了下來，湯曼給他們倒上茶。

傅華看了看金正群，說：「金總，不知道您突然大駕光臨是為了什麼啊？」

金正群正色說：「是這樣的傅董，我想來瞭解一下合作開發項目的情況。」

傅華心裏有了幾分警覺，大型國企的管理方式是不同於常規的企業的，像金正群、倪氏傑這樣的高階管理人員，並不是由企業的董事會直接選出來任命的，通常是由官方選任，再由董事會任命。他們實際上更像政府官員，而非商人，因此這些管理人員之間的關係相當複雜，傅華不知道金正群今天跑來，對倪氏傑和余欣雁究竟是秉持著善意還是惡意。

不過傅華覺得惡意的意味比較大，因為如果是善意而來，倪氏傑和余欣雁起碼會跟熙海投資打聲招呼的。這樣的話，傅華就不得不小心應對這個金正群了。他跟中衡建工的合作是建立在倪氏傑的基礎上，如果倪氏傑出了什麼問題，熙海投資那兩個項目會首當其衝的。

傅華笑笑說：「不知道金總是想瞭解什麼呢？」

金正群說：「也沒什麼，就是聽有人反映，余助理在工作中態度蠻橫，故意刁難貴公司，還幾次跟傅董吵了起來，不知道有沒有這麼回事啊？」

這個金正群果然不是抱著善意而來，這傢伙大概是不知道從什麼地方聽到了他跟余欣雁起爭執的事，認為有機可乘，想要利用他來打擊余欣雁和倪氏傑，所以就跑來找他了。

傅華故意說：「是啊，金總，確實有這麼一回事，余助理那個人長得也是如花似玉的，怎麼說也算是個美女，但是做起事來卻是另一番情景，特別的難說話，又特別的挑剔，有時候我們還真是有些接受不了她這種作風。」

金正群聽傅華這麼說，眼睛就亮了，傅華的話意味著對余欣雁的意見很大，這似乎可以好好利用了。

金正群就說：「傅董，這麼說，余欣雁確實是刁難過你們了？」

傅華點點頭說：「是啊，我還想她是不是有些心理變態啊？誒，金總，你們這位余助理是不是還沒結婚啊？」

金正群笑了一下，說：「是啊，她還沒結婚，怎麼了，這跟她結沒結婚有關係嗎？」

傅華說：「當然有關係啦，我看她快三十了吧，這麼大年紀還不結婚，心理上肯定有些扭曲。您不知道，上次她跟我談判，還跟我約法三章，一二三四的說了一大套，接著，竟讓我把她說的全部復述一遍，你說不是心理變態，誰會這麼做啊？」

金正群附和說：「她這麼做是有點神經質了，誒，傅董，你知不知道她這麼做是為什麼啊？」

傅華說：「還能為什麼啊，還不是想從熙海投資身上撈點好處嘛？金總，您知道現在做企業是很不容易的，多少抬抬手，大家就都能過去了，有必要搞得這麼不愉快嗎？您今天來得正好，您幫我把余助理的這些問題回去跟董事會反映反映。」

金正群的眼睛更亮了，傅華的話，明顯是指余欣雁故意刁難，是想向熙海投資索取賄賂，這可是一條可以抓的小辮子。

當初倪氏傑力推余欣雁負責熙海投資的項目，董事會不少人就持反對意見，是倪氏傑的堅持，甚至為余欣雁做了擔保的前提下，這項任命才獲得董事會的通過。如果被他抓到余欣雁索賄的證據，那打擊的可就不僅僅是余欣雁了，倪氏傑也要為此付出相當代價的。

金正群進一步追問說：「傅董，你說余欣雁想從熙海投資身上撈取好處，是不是她暗示過要你向她表示表示啊。」

傅華看著金正群說：「金總，你今天到底是想瞭解什麼啊？我怎麼覺得你這樣問，似乎是想調查什麼一樣。」

金正群裝作很隨意地說：「沒什麼，也就是想瞭解一下余欣雁跟貴公司的配合情況，並不涉及追究責任之類的事，所以你不用緊張。」

傅華心說你當我傻瓜啊，堂堂一個中衡建工的總經理會特別來瞭解一個助理的工作情況？你這個總經理也未免太閒了吧？

傅華笑笑說：「您這麼說我就放心了。余助理倒沒跟我暗示過什麼，不過看她這個嚴苛的樣子，我就覺得還是應該處理好彼此間的關係，於是就買了一套名牌的化妝品送給她。」

「你送她一套名牌化妝品？」金正群盯著傅華說：「那她收下了？」

傅華嘆氣說：「唉，她如果能收下就好了，結果人家板起臉來，把我好一頓教訓，說什麼中衡建工有規定，不能收客戶的禮物，搞得我灰頭土臉，只好把禮物又拿了回來。您說，一套化妝品也就幾千塊，我也只是想表達一點心意而已，算不上賄賂，她有必要這麼公事公辦，讓我這麼沒面子嗎？」

金正群有些失望，傅華的話顯然不是他想要的結果，不過他還是不死心，說道：「傅董，我們公司確實是有規定不能收客戶的禮物。不過你剛才說，余欣雁想從熙海投資身上撈取好處，這究竟是指什麼，她撈取什麼好處了嗎？」

傅華說：「她當然是想從熙海投資身上撈取好處了，這個我也是在送禮物碰了釘子之後才想明白的。熙海投資是余助理所負責的第一個大項目，她應該是想在這個項目上為自己建立良好的業績，所以才這麼苛刻我們公司的。」

金正群的臉色就越發難看了，傅華說的不但不是他想要的東西，反而是在變相的表揚余欣雁，傅華所說的苛刻，其實是余欣雁在為中衡建工爭取利益，這對熙海投資不利，但是對中衡建工卻是很有利的；他如果真的把傅華的話轉達給董事會的話，等於是在表揚余欣雁呢。

金正群失望地說：「原來傅董說的撈取好處是這個意思啊。」

傅華意有所指的說：「那金總你認為的又是什麼意思啊？」

金正群乾笑說：「我沒認為是什麼意思，就是想瞭解一下相關情形而已。誒，傅董，你是怎麼跟倪董搭上線的？」

傅華裝糊塗說：「您這是什麼意思啊，什麼搭上線啊？」

金正群解釋：「我是想問你，是怎麼跟倪董談到我們兩家的這次合作的？」

傅華說：「很簡單啊，熙海投資當時拿回豐源中心和天豐源廣場兩個項目，我要尋找有能力承建的建築公司，正好有一個朋友跟倪董是朋友，就介紹我跟倪董認識了。」

金正群追問說：「那你是在什麼場合跟他認識的啊？」

「什麼場合？」傅華心裏起了個問號，金正群特別強調場合，一定是有什麼意圖，他跟倪氏傑認識的場合確實有些問題，那時是在一家休閒山莊中，倪氏傑正跟朋友玩梭哈呢。

聚賭本就不是合法的行為，對倪氏傑這種身分的人來說，就更不合適了。何況當時的賭注動輒百萬，憑倪氏傑的正當收入來說是不可能玩得起的，因此金正群特別提到他們第一次見面的場合，就有些耐人尋味了。

傅華心中暗想，是不是金正群已經知道了些什麼？難道是想讓他證實倪氏傑當時是在賭博，好打擊倪氏傑？不管金正群知道些什麼，傅華卻不能主動講出當時倪氏傑是在聚賭，那樣等於是他出賣了倪氏傑一樣。

傅華裝作不經意地說：「見面的場合嘛，我們是在一個郊區的休閒山莊見的面，那次見面並不正式，我就是把項目跟倪董提了一下，也沒具體談合作的細節，細節的部分是後來倪董約我去貴公司之後才詳談的。」

金正群問：「你們當天沒有細談，那在休閒山莊都幹了些什麼啊？」

傅華笑說：「那天是週末，倪董說週末他不談工作，所以我們也就是玩了幾把撲克。」

金正群聽傅華說玩撲克，似乎再度看到了希望，繼續誘導傅華說：「那你們玩的時候沒有來點賭注什麼的？」

傅華說：「當然有啦，如果不講賭注的話，那玩個什麼勁啊？再說，沒賭注的話，大家也不會認真玩的。」

金正群套話說：「你們一起玩的都是些董事長身分的人，我想賭注一定不小吧？」

傅華不禁看了金正群一眼，金正群似乎知道當天在場的人都是些什麼身分，傅華心中有些不祥的感覺，他和蘇南陪倪氏傑玩牌，是在一個很私密的房間內，除了在場的人，是不該有其他人知道當時玩牌的人都是些什麼身分的。換句話說，一定是當時在場的人中，有人跟金正群談過當時的情形。

傅華回想了一下當時在場的人，除了他、倪氏傑、蘇南外，還有兩個是倪氏傑的朋友張毅輝和李運廷，他和蘇南是不可能出賣倪氏傑的，那也就是說，倪氏傑的兩個朋友當中，最少有一個是金正群的人了。

傅華說：「金總，您這就搞錯了，我們當時只是小賭怡情一下，賭注並不大，最終的輸贏也就在幾百塊之間吧。」

金正群笑了起來，說：「傅董，你跟我開玩笑的吧，你們這麼大身分的董事長，就玩幾百塊輸贏的遊戲？你是不是少說了一個萬字啊？」

傅華鎮定地說：「金總，這可不能瞎說的，我已經明確的跟您講了，我們是在小賭怡情，玩玩遊戲而已，照您說的賭注上百萬，那可就是賭博了，是不是您平常就玩賭注幾百萬的遊戲，所以才覺得我們也是這麼玩的啊？」

金正群就算是再遲鈍，這時候也知道傅華跟他說的話都是在戲弄他了。這個傅華應該是從一開始就打定主意要替倪氏傑和余欣雁迴護了。

金正群惱火地說：「傅董，你不要以為你跟倪氏傑做的事沒有人知道，據我所知，那天在休閒山莊你們玩的輸贏高達上千萬，幾百塊？哼，你逗我玩呢?!」

至此，傅華很確定張毅輝和李運廷當中肯定有一個人出賣了倪氏傑，但好在有一點，應該不是這兩人都出賣了倪氏傑，因為如果兩人都出面作證的話，就是很充足的證據了，足可以證明倪氏傑有賭博行為，更涉及到巨額財產來歷不明的犯罪。那樣金正群也就無需再來向他求證，直接向司法部門舉報就可以了。

傅華決定裝糊塗到底，說：「金總，您是在跟我開玩笑吧？我們那天玩的真的只有幾百塊輸贏，您說據你所知，您那天又不在場，憑什麼所知啊？哦，我明白了，原來您今天所謂的瞭解情況，實際上是想來套我的話，好去抓倪董和余助理的把柄，您這麼做可是有點卑鄙啊。」

這時候傅華大致摸清了金正群的底牌，就不想再跟金正群聊下去了，於是看了一眼金正群，下逐客令說：「金總，我還有不少的事情等著處理，是不是我們的談話就到此為止了？」

金正群忿忿地說：「傅董，我看你今天從頭到尾都是在耍弄我啊。行，算你厲害，不過你不要以為你就能包庇得了倪氏傑，等著吧，我遲早會有辦法將倪氏傑的犯罪行為揭發出來的，到那時候，你就會知道你今天的行為有多愚蠢了。」

傅華冷笑說：「金總，不錯，我就是在耍你，這倒不是我要包庇倪董，我也沒有那個能力去包庇倪董，我只是看不慣你這副小人的嘴臉。你算什麼東西，居然想利用我來對付倪董?!請吧，我們這裏不歡迎你。」

金正群氣得滿臉通紅，指著傅華說：「你等著吧，我會讓你為今天的行為後悔的。」

傅華哼聲道：「你給我趕緊滾蛋，不然我就叫保安了。」

金正群就帶著助理灰溜溜的離開了，一直在一旁觀看的湯曼笑著說：「傅哥，你可真夠損的，一開始你說余欣雁的那些話，我還真的以為你是想告她的狀呢，原來你是在耍弄這個金正群的啊。」

傅華笑說：「我就算再笨，誰是朋友誰是敵人也還分得清楚。不錯，余欣雁跟我是有衝突，但是那是內部的矛盾，我們雙方的利益是一致的；這個金正群一看就知道是想來找麻煩，我怎麼會上他的當呢。」

湯曼不禁提醒說：「傅哥，你說這件事要不要跟倪氏傑說一聲啊？」

傅華說：「那是自然要的，一定要提醒他金正群想從背後搞他。」

傅華就撥通了倪氏傑的手機，說：「倪董，在忙什麼呢？」

「倪董在開會呢，」電話是余欣雁接的，「傅董，有什麼事可以跟我說，回頭我幫你轉告他就是了。」

「哦，是余助理啊，我要跟倪董談的這件事很重要，必須要跟他本人談才行。這樣吧，你讓他一有空馬上就給我打電話，行嗎？」

余欣雁追問說：「什麼事這麼重要啊？不會是與項目相關的事吧？」

傅華覺得余欣雁這個董事長助理似乎有些越界了，他已經明確地講要跟倪氏傑直接談，她居然還問是什麼事，就說道：「余助理，如果是方便跟你談的事，我就沒必要跟倪董直接談了。」

余欣雁被嗆了一下，便冷冷地說：「好，回頭我會幫你轉告的。」

傅華聽余欣雁的語氣不善，擔心她會故意拖延，不及時告訴倪氏傑他打過電話，就又說道：「余助理，這件事真的很重要，希望你儘快的通知倪董，耽誤事情就不好了。」

余欣雁沒好氣的說：「我都說會幫你轉告的，你再來說這句話是什麼意思啊，你以為我會故意把你的電話壓下來，不轉告倪董嗎？」

傅華不想再跟余欣雁糾纏，就說：「余助理，你多心了，我沒別的意思，就是這件事很重要，我要儘快跟倪董通上話。」

余欣雁說：「好吧，我會儘快幫你安排的。」

余欣雁說完就直接掛了電話。

第四章

反間計

如果真是圈套的話，
那就是李凱中給他們施了一個反間計了，
他們故意在傅華面前說
他們知道那天他和倪氏傑是在一起進行巨額賭博，
這樣必然會引發倪氏傑對張毅輝和李運廷的猜忌，
最終導致倪氏傑跟兩人產生內訌。

傅華不禁皺了一下眉頭，這個余欣雁還真是難纏，一句話不對就來找事，這個倪氏傑也真是的，要照顧情人有很多種方式，為什麼非要把情人放在身邊工作呢？這個情人恃寵而驕，什麼事情都亂插手，以後還不知道會給他惹上多少麻煩呢。

尤其是中衡建工內部暗潮洶湧，金正群這個總經理覬覦董事長的寶座，已經近似公開的跳出來挑釁了，倪氏傑在這種情形下，還放余欣雁這個情人在身邊做助理，實在是很不明智。

倪氏傑的電話在半個小時後打來了。

「傅董啊，欣雁說你有急事找我，什麼事啊？」

傅華說：「是這樣的，倪董，剛才貴公司有人來熙海投資，想瞭解我們兩家的合作情況。」

「瞭解我們兩家的合作情況？」倪氏傑疑惑的說：「公司沒做這個安排啊？去的人是誰啊？」

傅華笑笑說：「是你們的總經理金正群。」

「金正群跑你那兒去了，」倪氏傑驚訝地說：「這傢伙想幹嘛啊？」

傅華說：「這傢伙轉彎抹角的想從我這裏打聽余助理在負責熙海投資項

目的過程中，有沒有什麼不當的行為。」

倪氏傑聽了說：「這傢伙是衝著欣雁去的啊，那你都說了些什麼？」

傅華說：「我沒說余助理的好話，就把她怎麼對我們熙海投資苛刻的情形講了一遍，讓金正群幫我向貴公司的董事會反映一下，結果他對此的意願好像並不高啊。」

倪氏傑笑了起來，他知道如果傅華一味地說余欣雁好話的話，反而是不好的，他們兩家公司雖然是合作夥伴，但在某些地方的利益正好是相對立的，傅華如果一個勁地說余欣雁好話，只會讓人更加懷疑余欣雁跟熙海投資有勾結。

倪氏傑感激地說：「傅董，我替欣雁謝謝你了。」

傅華說：「倪董不用這麼客氣，這件事倒沒什麼，不過金正群提到的另外一件事，恐怕您就需要加以警惕了。」

倪氏傑問：「他提到什麼了？」

傅華說：「他提到我們第一次見面的情形，好像對我們見面的情形很瞭解，不但知道那天在場的都是些什麼人，還知道我們當時都做了些什麼。」

倪氏傑怔了一下，說：「不可能的，那天在場的人，都是很信得過的朋友，金正群怎麼會知道這些呢？」

傅華說：「我很肯定金正群知道當時的情形，因為他說當時在場的人，身分全都是董事長級的，還說賭注肯定不會低，我說是小賭怡情，輸贏在幾百塊之間，他卻說我少說了一個萬字，斬釘截鐵地說那天的輸贏達到千萬。」

倪氏傑語氣沉重起來：「這麼說他確實是知道那天的情形，可是究竟是誰出賣了我呢？」

傅華分析說：「我和南哥自然是不會出賣您的，那剩下來的就只有張毅輝和李運廷這兩個人了。我看您的這兩位信得過的朋友，恐怕其中有一位已經投靠金正群了。倪董啊，您最好是趕緊查清楚，要不然的話，不光會危及到我們兩家公司的合作，還會危及到您個人的。」

倪氏傑氣憤地說：「嗯，我會儘快查清楚這兩個傢伙中，究竟是誰出賣我的。」

傅華說：「那樣是最好了。誒，倪董，這個金正群是怎麼回事啊？他的膽子不小，居然敢這麼明目張膽的跳出來針對你啊？」

倪氏傑哼了聲說：「這傢伙背後有國資委重要的領導在支持他，所以一直想取我而代之，但這傢伙的水準實在有限，玩了幾次花樣都被我挫敗了。本來這傢伙已經被我整得不敢再輕舉妄動了，沒想到我一時沒留神，他居然又跳了出來。」

聽倪氏傑說到國資委的領導，傅華心裏立刻打了一個問號，這件事不會跟李凱中那傢伙有關吧？雖然單燕平說李凱中不會再來找他的麻煩了，李凱中也主動找楊志欣道了歉，但是李凱中究竟是怎麼想的，傅華並不清楚。尤其是李凱中並不是跟他這個當事人道歉，反而去向楊志欣道歉這一點很是令人感到奇怪，通常直接跟當事人道歉效果會更好一些，李凱中卻沒有這麼做。

傅華對此能想到唯一的解釋是，李凱中抹不下這個面子跟他這個小小的駐京辦主任道歉，所以寧願選擇去跟楊志欣道歉。楊志欣是副總理，李凱中向他道歉不會有什麼掉架子的感覺。同時李凱中擔心楊志欣會對他有所不滿，直接跟楊志欣道歉有利於消除楊志欣對他的不滿。

如果真是像傅華所猜想的這樣，也就是說李凱中並沒有放下跟傅華之間的恩怨，恐怕會因為被迫跟楊志欣道歉，心中更恨他了。

傅華趕忙問道：「倪董，您知不知道這個金正群背後的國資委重要領導是誰啊？」

倪氏傑想了一下，說：「就是國資委的副主任李凱中，金正群剛到中衡建工的時候很跩，經常把李凱中掛在嘴邊，生怕別人不知道他的後臺是李凱中似的。不過在被我收拾了幾次之後，他知道我並不怕李凱中，這才不把李凱中拿出來吹噓了。」

果然是有李凱中的事！傅華大致明白李凱中的操作思路了，表面上看，金正群跳出來搞事針對的是倪氏傑，其實傅華才是他真正的目標；因為如果倪氏傑倒臺的話，熙海投資也得跟著完蛋了，可以同時搞垮兩個眼中釘，不愧是條毒辣的計策。

不過李凱中十分狡猾，他這樣搞，傅華卻沒辦法拿他怎麼樣，因為李凱中並沒有直接出面，也沒讓金正群直接攻擊他和熙海投資，傅華再要在楊志欣面前指責他的話，楊志欣肯定會認為是傅華心眼太小，老是咬住以前的事情不放，傅華反而處於下風。

這傢伙的心機算是夠深的了，看來要挫敗這場陰謀，只有從中衡建工本身來想辦法了。

傅華就想知道倪氏傑準備要怎麼去對付金正群，便說：「倪董，對金正群這樣的傢伙可不能大意，稍有不慎，就有可能會後院起火的。」

倪氏傑冷笑地說：「他這麼搞我，我當然是不會這麼輕易的放過他，不過你也別太高看了他了，就憑他那個頭腦，想讓我後院起火，他還沒那個本事呢。」

傅華提醒說：「倪董，這件事如果單純是金正群一個人在搞鬼，當然問題不大，但是如果李凱中也插手，恐怕問題就不這麼簡單了，畢竟您這邊也不是鐵板一塊的。」

倪氏傑詫異地說：「你是說李凱中會拿我們那天玩的遊戲做文章？」

傅華警告說：「金正群既然露了口風，也就是說他們已經關注上這件事了，如果真的鬧出來的話，李凱中在國資委那邊就可以趁機對您採取行動了。倪董，您的安危可是關係到我們的合作能不能順利進行下去，我可不希望您有什麼閃失。」

倪氏傑沉吟了一下，說：「重點是我現在還沒搞清楚究竟是張毅輝還是李運廷出賣我的，搞不清楚這個，這件事總是沒能得到真正的解決。」

在倪氏傑沉吟的當下，傅華也在思考張毅輝和李運廷這兩個人的問題。當然，最好的解決方式是能夠查清楚這兩個人究竟是誰出賣了倪氏傑，不過，這種事想要查清楚是很難的。傅華腦海中突然閃過另外一種可能，心中不禁一凜，如果倪氏傑去查張毅輝和李運廷，是李凱中設下的圈套呢？

傅華趕忙提出他的想法：「倪董，我突然想到另外一個問題，您說金正群在我面前說起那天見面的情形，是不是故意的啊？」

倪氏傑愣了一下，說：「故意的？你是說這是個圈套？」

傅華推測說：「是啊，我想您既然會帶張毅輝和李運廷一起玩，就說明您跟他們的交情不是一兩天了，他們應該是您信得過的朋友才對，也就是說他們是不應該出賣您的；但是如果您對他們產生了懷疑，然後去調查他們的話，他們覺得您信不過他們，說不定一怒之下反會投靠金正群也不一定。」

如果真是圈套的話，那就是李凱中給他們施了一個反間計了，他們知道傅華是不會出賣倪氏傑的，所以故意在傅華面前說他們知道那天他和倪氏傑是在一起進行巨額賭博，這樣必然會引發倪氏傑對張毅輝和李運廷的猜忌，進而讓倪氏傑去調查兩人，最終導致倪氏傑跟兩人產生內訌。

「這個嘛，」倪氏傑思索說：「也不是沒有這個可能，張毅輝和李運廷這兩個人的公司很大程度都是靠我給他們的業務在幫他們支撐著，他們應該沒有理由出賣我才對。不過要是這樣的話，金正群就不該知道我們那天的情形才對啊。」

傅華研判說：「其實往深處想，也不一定就是李運廷和張毅輝出賣了您，如果金正群派人盯您的梢，他就會知道那天在場的人是誰了；至於我們玩牌賭了多少錢，他可能是靠推測出來的，畢竟金正群跟您做了這麼長時間的對手，他對您的脾性嗜好應該很瞭解。」

倪氏傑苦惱地說：「你這個說法也是有可能的，不過也不能排除張毅輝和李運廷這兩個人出賣我的可能。哎，我真的有點不知道該拿他們怎麼辦了。」

傅華建議說：「叫我說這也好辦，您就當什麼事都沒發生好了，以前怎麼對這兩人的，今後還怎麼對待他們；反正到今天這個地步，這兩個人如果真的背叛你的話，他們能出賣您的東西已經出賣了，您就算是調查他們也於事無補啦。」

倪氏傑猶豫地說：「那我現在就什麼事都不用做了嗎？」

傅華說：「也不是什麼事都不用做，我覺得有兩件事是您現在一定要做的。第一，梳理一下張毅輝和李運廷跟您之間的往來情況，把一些能被人抓小辮子的事情儘量處理掉，避免金正群和李凱中在這上面找到什麼突破口。」

倪氏傑想了想說：「我跟他們的交往很謹慎，應該沒多大的問題。」

傅華接著說：「第二件事是，能不能找個機會整治一下這個金正群啊，這傢伙留在中衡建工總是一個禍患。」

倪氏傑聽了說：「這個不用你說我也要做的，正好中衡建工在海南有一筆工程款跟發包方有很大的糾紛，拖了很久也沒有收回來，到時候，就把這筆賬交給他去負責，讓他去海南那邊先待上幾個月好了。」

傅華質疑說：「可是倪董，這並沒有解決根本的問題啊，幾個月後，這傢伙還是會回來跟您搗亂的。」

倪氏傑笑說：「他想再回中衡建工恐怕不那麼容易了，我讓他去海南省是調虎離山，會有這幾個月的時間，我可以查一查他身上的問題。這傢伙的手腳肯定也不乾淨，只要讓我查出問題來，他就別想再回中衡建工了。」

傅華這才放心地說：「看來還是倪董您想的長遠啊，行了，我就不打攪您了。」

傅華結束了跟倪氏傑的通話，他知道倪氏傑是個相當精明的人，又在中衡建工經營多年，如果有心要去整治金正群，金正群八成是難逃此劫。看來李凱中想通過打擊中衡建工來曲線打擊他的圖謀是很難實現了。

傅華就把中衡建工的事情放了下來，打電話給湯曼，讓湯曼到他的辦公室來。

湯曼很快就過來，問傅華說：「傅哥，你找我什麼事啊？」

傅華笑說：「陪我一起去見見你哥吧，我想讓他幫我們籌畫一下，怎麼把公司賬上的資金給運作起來。」

平鴻保險公司匯來的第一筆款項在還了天策集團的錢之後，還有幾億的剩餘。資金放在賬上就成了死錢，只有運作起來才能發揮最大的效益。因此就想問問湯言有沒有什麼辦法用這筆資金在股市上進行一些短期的運作，從而讓賬上的錢活起來。

湯曼聽了說：「原來傅哥也想到這上面去了啊，這幾天我也覺得應該把我們的錢運用起來呢。」

兩人就去了湯言的證券公司，湯言看到湯曼，取笑說：「小曼啊，你去傅華的公司這麼久，總算想到回來看看我了。」

湯曼笑罵說：「哥，你別說得這麼可憐好嗎，好像是我這個妹妹不理你似的，我們在家裏經常見面的。」

湯言笑笑說：「那不一樣，家裏是家裏，公司是公司。誒，傅華，小曼沒給你添什麼麻煩吧？」

傅華說：「湯少，看你這話說的，小曼怎麼會給我添麻煩呢，她很能幹的，現在在熙海投資她能幫我撐上大半個天呢，下一步我準備讓小曼擔任熙海投資的總經理，全面負責熙海投資的業務。」

湯言不禁另眼看了一下湯曼，說：「小曼，看來你在傅華那裏發展得很不錯啊。」

湯曼謙虛地說：「這主要是傅哥信任我的緣故。」

寒暄過後，三個人就在沙發上坐下來，

傅華環視了一下湯言的辦公室，笑笑說：「湯少，你這裏的辦公環境有點舊了，有沒有想過換換地方啊？」

湯言笑了起來，說：「傅華，你今天搬了我妹妹來，不會是想要我買你們豐源中心的大樓吧？我跟你說，你可別打我的主意，我才不會去買那麼貴的辦公大樓的，我的資金都在股市上轉著呢，一旦買了你的大樓，我的資金鏈就斷了。」

傅華打趣說：「我也就是隨口問問罷了，看把你給嚇的。」

湯曼也笑說：「哥，你別怕，傅哥來找你，是有別的事跟你商量的。」

湯言拍了拍胸口，說：「只要不是讓我買樓，別的事都好說。究竟什麼事要我幫忙啊？」

傅華笑笑說：「是這樣的，湯少，平鴻保險公司預購了豐源中心七萬平米的辦公大樓，付了熙海投資十四億的預付金，這筆錢除了還清一部分債務外，還有幾億的資金留在賬上，我想把這筆資金給用起來，所以來找你商量，看看能不能用這筆資金在股市上短炒幾把啊？」

湯言聽完傅華的要求後，搖頭說：「傅華，這件事我還真的幫不上你什麼忙。」

傅華愣了一下，沒想到湯言會直接拒絕他，納悶的說：「為什麼啊湯少，我的要求並不高，有賺就行。」

湯言解釋說：「不是我不幫你這個忙，而是我沒辦法做到你要求的事。要知道炒作股票，是有很多步驟的，首先要做前期調研，然後建倉、拉高、出貨，裏面需要很多因素相互配合，包括媒體、資金、機構之間的配合，不是隨便拿一支股票就可以炒作的。」

傅華問：「那能不能簡單一點，我把資金加入到你已經在進行的計畫當中就好了。」

湯言說：「傅華，這是行不通的，炒作股票並不是資金越多越好，沒有計劃就貿然增加大量的資金投入，會打亂炒作的步驟，最後反而會對整個炒作有害，你想用這種方式運作恐怕是不可行的。誒，如果有別的投資機會你願不願意接受呢？」

傅華看了湯言一眼，說：「湯少，什麼投資機會啊？」

湯言說：「你先告訴我，你手頭現在能動用的資金有多少？」

湯曼說：「扣除公司的營運資金後，可動用的資金在四億左右吧。」

「哇，」湯言驚訝的叫了起來：「你們倆這麼短的時間賬上就有這麼多資金啦，房地產原來這麼好賺啊。」

傅華說：「湯少，這並不是我們賺到的利潤，而是我們將來要付給中衡建工的工程款，只是我們有兩年左右的賬期，所以才能把這筆錢拿出來用到別的地方去的。」

湯言讚嘆說：「那也很可以了。行，你們既然有四億的資金，操作這件事就足夠了。」

湯曼不解地說：「哥，你到底想讓我們操作什麼項目啊？」

湯言說：「這個案子本來是我想做的，前期的工作已經做了不少，但是最近股市不太好，我預期要收回的資金沒能及時回籠，手上沒有資金，這個項目就無法操作了，所以只好便宜你們倆了。」

傅華好奇地說：「聽你說的好像很有利可圖啊，究竟是什麼項目啊？」

湯言笑笑說：「你們倆知道金牛證券嗎？」

湯曼點點頭說：「我知道這家證券公司，算是一家中等規模的證券公司，業績也還可以。你這個項目與金牛證券有關？」

湯言點點頭，說：「小曼，既然你瞭解這家證券公司，那你覺得這家金牛證券百分之八的股份值多少錢啊？」

湯曼稍稍思索了一下，說：「就我個人的評估，這家公司百分之八的股份起碼也值五億以上。」

湯言說：「那你覺得讓熙海投資拿出三億左右的資金去買這百分之八的股權，算不算是一筆划算的交易呢？」

湯曼愣了一下，看了看湯言，有些不信的說：「哥，這不太可能吧？金牛證券前三大股東都是來歷背景深厚的公司，他們怎麼可能不行使股東優先權，把這百分之八的股份收入囊中啊？」

湯言說：「等你聽了我的分析之後，就知道這件事完全是可能的了。金牛證券的大股東是中國華天鋼鐵集團，持有百分之六十一的股份，這些股份已經可以保證華天鋼鐵對金牛證券握有絕對控制的地位了，因此再去購買百分之八的股份對他們來說是不是就沒有什麼意義了？」

湯曼點點頭說：「這倒是，華天鋼鐵沒有必要再花三億來買這百分之八的股份，不過，金牛證券的第二大股東是盛川集團，這是一家老牌的上市公司，他們在金融證券業深耕多年，對證券業也是投入很大的，董事長馮玉山更是馮老的兒子，家族背景深厚，難道他們也不想買下這百分之八的股份嗎？」

聽到馮玉山這個名字，傅華不禁看了看湯曼，說：「小曼，你是說這個盛川集團的董事長是馮老的兒子馮玉山？」

湯曼不疑有他地說：「是啊，傅哥，你認識他？」

傅華尷尬地說：「是啊，我認識他，我跟他女兒是朋友，曾經跟馮玉山見過一次面。」

湯言驚訝地說：「傅華，看不出來啊，你居然會認識馮葵？」

湯曼也用探詢的眼光看著傅華，好奇地說：「是啊，傅哥，你是怎麼認識這個馮葵的？我早就聽說馮葵是這些紅色子弟中的大姐大，很傳奇神秘的一個人物，我很想認識她，卻一直無緣相識。」

傅華趕忙說：「你們倆不要用這種眼神看著我，我認識她原因很簡單，她以前不是有個會所嗎？胡瑜非的兒子胡東強是那裏的會員，帶我進會所玩過，我就是這麼認識馮葵的。好了湯少，你還是繼續說為什麼盛川集團也沒有意願要購買這百分之八的股權吧。」

湯言說：「是這樣的，盛川集團正在進行結構的調整，公司內部的事務都忙不過來，因此無暇他顧，也就沒有想要購買這百分之八的股份的意思了。至於金牛證券的第三大股東津通集團，是一家有國資背景的企業，他們倒是有這個實力買下這百分之八的股份，但是他們卻放棄了優先權，我也不清楚他們為什麼會放棄這麼好的機會，也許是國有企業審批的程序太多，還沒來得及反應過來吧。」

聽湯言說明完金牛證券的股東背景，傅華感覺這家證券公司股權結構很複雜，加上馮玉山是金牛證券第二大股東盛川集團的董事長，傅華不想和馮家人太接近，就說：「湯少啊，你剛才不是說證券市場的市道不太好嗎？這時候去買證券公司，是不是不太合適啊？」

湯言反駁說：「傅華，你不是很精明的人嗎？怎麼連這點道理都看不出來啊？證券市場現在是不太好，但這正是逢低買入的大好時機！再說，證券市場總是起起伏伏的，現在不好，不代表以後就不會再好起來。等證券市場好起來的時候，你就沒有機會再用這麼低的價格買到了。」

湯曼也興奮地說：「是啊，傅哥，我哥說的有道理，這對我們來說，絕對是個大好的投資機會，我覺得我們應該把它買下來的。」

湯言鼓吹說：「對啊，傅華，你就別猶豫了，這個機會可是千載難逢的，何況我已經把前期的一些運作都做好了，熙海投資拿下這百分之八的股份絕對是撿了一個大便宜。」

傅華何嘗不知道這是一個很好的機會，但事情牽扯到馮玉山，他就有所顧忌了。那天看到馮玉山和馮葵身上那種特別出眾的氣質之後，傅華就明白他和馮葵是來自兩個不同世界的人，他們本就不應該在一起的，因此傅華只想將馮葵的影子從心裏清除出去，忘掉這段戀情，如果熙海投資和盛川集團成為同一家公司的股東，那他就要跟馮玉山打交道了，面對馮玉山自然就會想起馮葵來。

接受還是放棄，想來想去，傅華始終下不了這個決心，就說：「湯少，這畢竟是一筆金額很高的交易，你給我幾天時間考慮考慮行嗎？」

湯言聽了說：「可以啊，不過你可別考慮得太久了，太久的話，這百分之八的股份可就要被別人搶走了。」

傅華和湯曼離開湯言的證券公司，在回去的路上，湯曼試探著說：「傅哥，你是不是跟那個馮葵之間有什麼糾葛啊？」

傅華沒想到湯曼居然從他的猶豫中看出了一些端倪，這個他自然不會承認，就搖搖頭說：「沒有啊，怎麼了？」

湯曼聰慧地說：「我想以你的眼光，應該不會看不出來金牛證券這筆交易是很划算的，既然划算，你卻不那麼情願接受，我猜想你顧慮的恐怕就不是交易本身了。」

傅華說：「那也沒有理由把這件事跟馮葵聯繫上啊？」

湯曼反駁說：「怎麼沒有理由啊，你跟金牛證券唯一能扯上關係的，也只有盛川集團的董事長馮玉山了，所以我就想，是不是你跟馮葵有什麼恩怨，所以才不願意成為金牛證券的股東，去跟馮玉山打交道啊。」

傅華趕忙否認說：「小曼，你想太多了，我只是覺得這家公司前三大股東都是實力雄厚的公司，熙海投資如果進去的話，股東之間的關係不好處理。」

湯曼歪著頭看了看傅華，說：「傅哥，我說句話你可別生氣啊。」

傅華笑說：「你要說就說吧，我就算生氣，也不會衝你怎麼樣的。」

湯曼說：「好吧，我說囉，我怎麼聽，都覺得你說股東關係不好處理這句話是個藉口，我們進去金牛證券又不是去爭公司的主導權，只是小股東，謹守小股東的本分就好了，有什麼關係不好處理的？」

傅華也知道這只是藉口而已，便說：「小曼，看你的樣子，是很想把這百分之八的股份給拿下來了？」

湯曼點點頭說：「是啊，我覺得這對熙海投資來說，是一個進可攻退可守的投資，只會有利，不會有害的。」

傅華說：「哦，你說說看，怎麼一個進可攻退可守法啊？」

湯曼分析說：「所謂的進可攻，證券業在國內還是一個新興產業，未來的前景遠大，如果擁有金牛證券的股份，就等於在證券業中有了一座橋頭堡，熙海投資可以以此作為根據地，在證券業中攻城掠地。」

傅華說：「小曼，你想讓熙海投資跨入到證券業發展啊？」

湯曼點了一下頭，說：「是啊，既然證券業前景看好，我們為什麼不進去呢？將來熙海投資這個兩個項目開發完之後，我們就可以利用賺來的盈利全力進入證券業，因此此時購買金牛證券的股份，是一步先手的好棋。」

傅華稱讚說：「不錯啊，小曼，你倒是很有戰略眼光，現在就已經想到熙海投資下一步該做什麼了。」

湯曼笑笑說：「人無遠慮，必有近憂嘛。」

傅華聽了笑說：「看來我選你做總經理沒選錯人，你現在已經有一個總經理該有的視野了。嗯，那你說的退可守又是怎麼考慮的呢？」

湯曼繼續說：「至於退可守嘛，很簡單，就算熙海投資將來不想在證券業發展的話，也可以等股市市道轉好之後，把這百分之八的股份加價出手，我想那時候，讓這三億資金翻個番都不成問題的。」

傅華稍稍思索了一下，讓湯曼這麼一說，他不禁覺得只是為了顧及馮葵和馮玉山就放棄這筆可期利益豐厚的生意，是有些過於感情用事了；話說馮玉山和馮葵還不知道對他買下金牛證券會怎麼想呢，也許人家根本就不在乎！至於跟馮玉山會碰到面，也好處理，就讓湯曼去負責彼此間的業務聯繫好了，他完全可以不去參與，自然也就不會跟馮玉山碰上面了。

傅華就對湯曼笑笑說：「好吧，小曼，你說服我了，既然你這麼有信心，這件事就由你來負責好了，你跟你哥去協調，買下這百分之八的股份，以後也由你作為熙海投資的代表，參與金牛證券相關的事務。」

湯曼趕忙推辭說：「傅哥，你同意買下這百分之八的股份，我是很高興的，不過，你要把它交給我負責，我可有些承受不了，你不覺得你給我的擔子有點太多了嗎？」

傅華說：「能者多勞嘛，再說，你是熙海投資的總經理，這些經營方面的事也該由你負責的。」

湯曼哀嘆說：「我算是明白你的詭計了，本來我還覺得做熙海投資的總經理是件很威風的事，現在才知道你給我封官許願，真正的目的是為了讓我多給你出力幹活啊。」

傅華笑說：「你才知道啊。」

第五章

藏鏡人

帖子是個名為「藏鏡人」的線民發出來的，
曲志霞認定一定是姚巍山和林蘇行在背後搗鼓，
她沒想到姚巍山和林蘇行會用這麼卑鄙齷齪的手段。
做事一向很有主見的曲志霞這時卻慌了神，
不知道該怎麼處理這件事才好了。

龍門市開發區。

上午九點多，伊川集團冷鍍工廠的奠基儀式正式舉行。

在姚巍山幫伊川集團的貸款解決了擔保問題後，伊川集團順利地拿到了貸款，他們的冷鍍工廠一期工程也就得以上馬了。姚巍山、李衛高、陸伊川和林蘇行，以及龍門市的領導一行人都受邀參加奠基儀式。本來姚巍山也讓伊川集團給孫守義送了請帖，但是孫守義推說有事走不開婉拒了。

姚巍山此時站在冷鍍工廠的工地上，心情很是興奮，一來，他的一大政績很快就會建立起來；二來，陸伊川已經讓李衛高轉交一筆數目龐大的好處費，從拿到錢到現在，他的心因為興奮都有些飄飄然的。

奠基儀式結束後，姚巍山、林蘇行就和陸伊川告辭了，回到海川市，林蘇行並沒有直接回自己的辦公室，而是跟著姚巍山進了市長辦公室。

姚巍山看著眉頭一直深鎖的林蘇行，說：「怎麼了，老林，今天你好像一直悶悶不樂的，是不是陸伊川給你的紅包太小了一點啊？」

林蘇行嘆說：「陸伊川倒很大方，但是在去奠基儀式之前，我跟曲志霞請假，這個臭女人說話陰陽怪氣的，有的沒的說了一大套，我還得老實的聽著；叫她這麼一搞，本來挺好的心情都被她搞壞了。」

姚巍山安撫說：「老林啊，我知道你在曲志霞手底下日子不好熬，不過我現在還沒辦法制住這個女人，你也剛調過來不久，也沒辦法幫你做什麼調整，所以你暫時還是忍耐一下吧。」

林蘇行這次被記過處分很大程度上是因為姚巍山才背上的，姚巍山不得不耐著性子聽他大吐苦水。

林蘇行恨恨地說：「我真受不了這個女人，明明她自己做了見不得人的事，卻還在我面前裝出一副道貌岸然的樣子來訓斥我，真是讓人噁心。市長，您說如果我把她在北京做的事給她曝曝光怎麼樣啊？我看到那時候她還怎麼有臉來訓斥我。」

姚巍山立刻搖搖頭說：「老林，現在網路上發出的帖子都可以查到發出人的網址，如果被人查到是你發的，事情就麻煩了。好了，你就聽我的，稍安勿躁，我們總有能收拾得了曲志霞的一天的。」

林蘇行無奈地嘆了口氣說：「唉，我也夠倒楣的，原本我以為離開乾宇市就有好日子過了，哪知道又碰上曲志霞這個臭婊子。」

姚巍山勸慰說：「好了，老林，曲志霞也就能說你兩句而已，你別往心裏去不就行了嗎？等過了這段時間，我會幫你把工作調整一下，你就不用去受她的氣了，這段時間你可千萬別輕舉妄動啊。」

林蘇行苦笑說：「好吧，姚市長，我就忍耐她一下就是了。」

林蘇行走後，姚巍山的心情也有些變壞了。雖然伊川集團的事進展得很順利，他也為此獲得了巨大的利益，但他這個市長卻遲遲掌握不了海川市政府的局面，這種狀況如果持續下去的話，對他在海川市的執政可是很不利的。

特別是曲志霞和胡俊森都跟他走到了對立面上，還有一個黃小強，更公開的站出來跟他唱反調，而孫守義一副坐山觀虎鬥的架勢，根本就不管他跟曲志霞這些人的惡劣關係。

再一直跟這三個人鬥下去，只會讓他越來越被動，如果能夠在三人中爭取一個人過來的話，他的力量馬上就會發生變化，就能改變現在這種孤立被動的局面了。

經過權衡再三之後，姚巍山把要爭取的目標放在曲志霞身上。因為胡俊森跟他的矛盾是不可調和的，首先就被他排除掉了。至於黃小強倒不難爭取，但是黃小強在市政府的影響力是三人中最弱的，即使把他爭取過來，也作用不大；再是這樣做也堵死了林蘇行上升的管道，會招致林蘇行對他的不滿。於是剩下唯一能爭取的就只有曲志霞了，只要曲志霞能夠站到他這一邊，那胡俊森和黃小強對他就絲毫不足為慮。但關鍵是曲志霞能不能被爭取過來呢？

通常來說，一個人只要可以被收買，那就有辦法能夠爭取過來，他知道曲志霞並不是那麼講原則的人，他之所以會遭到曲志霞的抵制，是因為他採用的方式是錯的，他沒有把好處分一些給曲志霞。如果他讓伊川集團想辦法去收買一下曲志霞的話，可能曲志霞也就不會那麼反對了。

不過，為了顧慮到林蘇行的感受，姚巍山並沒有把他想要跟曲志霞結盟的打算說出來。他想等林蘇行消消氣再跟他說；在他看來，這件事可以稍稍放一放，只要這期間不再去激怒曲志霞就好了。

然而，姚巍山很快就知道他的想法錯了。隔天，他就在海川熱線和東海論壇上看到了曲志霞跟吳傾被殺一案有關的帖子。

這個帖子雖然沒有明指曲志霞的名字，卻很詳細的描述了曲志霞的身分以及吳傾命案的來龍去脈。帖子的題目是「女副市長牽涉命案，爭風吃醋導致教授被殺」。帖子中對女副市長跟吳傾的床事極盡渲染，把女副市長說的像是個女色鬼一樣。看得出來，這個發帖人對這個女副市長心中恨極，所以才會這樣子刻意去描述這個女副市長。

姚巍山心想：發帖子的人一定是林蘇行，立時就火了，這不僅是因為這個帖子破壞了他想要跟曲志霞緩和關係的大計，更因為林蘇行居然敢違抗他的指令，他明明告訴過林蘇行不要有什麼輕舉妄動的。

姚巍山當即抓起電話打給林蘇行，劈頭就罵道：「林蘇行，別人不拿我姚巍山的話當回事，你也敢拿我的話當耳邊風啊？」

林蘇行聽姚巍山這麼罵他，不由得就有些慌了，膽戰心驚地說：「姚市長，怎麼回事啊，我什麼地方做錯了嗎？」

姚巍山火大地說：「你裝什麼糊塗啊，海川熱線和東海論壇上那個帖子不是你發的嗎？」

林蘇行忙否認說：「沒有啊，什麼帖子啊，我根本就沒在海川熱線和東海論壇上發過什麼帖子啊。」

聽林蘇行否認，姚巍山越發地火冒三丈，說道：「不是你又會是誰啊？我想不出來還有誰會跟你一樣這麼無聊！」

林蘇行喊冤說：「姚市長，您這次真是冤枉我了，我可以對天發誓，這件事真的與我無關。」

看林蘇行堅稱他與事情無關，姚巍山不禁遲疑了一下，說：「老林，真的與你無關嗎？」

林蘇行百口莫辯地說：「姚市長，您要相信我，這件事真的與我無關，您都明確要求我不要輕舉妄動了，我又怎麼敢違背您的意思啊。」

姚巍山疑惑的說：「如果與你無關，那這個帖子又會是誰發的啊？」

林蘇行委屈地說：「那我怎麼知道啊，曲志霞也不是就我一個仇人。」

姚巍山沉吟了一會兒，還是高度懷疑這件事是林蘇行做的，目前他知道的人中，只有林蘇行是對這件事知根知底，林蘇行又跟曲志霞積怨已深，完全有可能做出這種挾怨報復的舉動，便說：「老林啊，你要知道這個帖子的事可大可小，如果曲志霞忍氣吞聲不去追究的話，事情就會這麼過去了；但要是曲志霞緊咬著不放，非要把發帖人給查出來的話，事情就會很麻煩的，所以如果真的是你發的，你最好趕緊跟我說，我也好做出應對的準備。」

林蘇行理直氣壯地說：「姚市長，我說不是我發的，就不是我發的，你就讓曲志霞去查好了，我保證不會查到我頭上的。」

看林蘇行說的這麼斬釘截鐵，讓姚巍山又有幾分相信他了，嘆了口氣說：「這真是邪門了，不是你又會是誰呢？」

林蘇行幸災樂禍地說：「姚市長，您管他是誰呢，反正這個帖子算是幫了我們一個大忙，估計這下子曲志霞在海川市再也抬不起頭來了，這讓我們可以好好出出心頭這口惡氣。」

姚巍山嘆說：「老林，你如果這麼想可就大錯特錯了，這個帖子的出現對我們是很不利的，如果帖子不是你發的，那這個發帖人的存心就十分可疑了，他就是想挑撥我們跟曲志霞的關係，曲志霞一定會認定這個帖子是你和我為了整她才發的。」

林蘇行不以為意地說：「姚市長，您擔心什麼啊，就算這個發帖人不挑撥，我們跟曲志霞也是勢不兩立的。」

姚巍山忍不住說：「老林，你能不能忘掉你跟曲志霞的那點恩怨，把眼界放寬一點啊？」

林蘇行愣住了，好半天才說：「姚市長，您這話是什麼意思啊？您不會是想要跟那個臭婊子妥協吧？」

姚巍山坦承說：「是啊，我就是這麼想的。老林，你也知道現在市政府是個什麼樣的形勢，我這個市長處處受制，連想要維護你都做不到，這種被動的局面必須儘快打破才行。」

林蘇行反問：「所以您就想跟曲志霞妥協了？」

姚巍山說：「是啊，如果我一直跟曲志霞對立，受害最大的是我啊，我在海川市的執政也將會是跛腳的。」姚巍山頓了一下，說：「老林啊，你可別因此對我有什麼看法，我這也是不得已的，如果我跟曲志霞達成妥協，你跟她之間的那點矛盾也會迎刃而解的，而且到那個時候，有了曲志霞的配合，我再來幫你謀取黃小強的位子也會更容易一些。」

林蘇行只好無奈地說：「姚市長，您說的道理我能夠明白，我不會對您有什麼看法的。」

姚巍山又說：「可惜偏偏在這時候冒出這個帖子，她對這個發帖人一定會恨之入骨，這筆賬如果被曲志霞記在我們頭上，那我們跟她恐怕就永遠沒有緩和關係的可能了。媽的，究竟是誰在跟我們搗亂呢？」

這邊姚巍山正在納悶帖子究竟是誰發出來時，在離他不遠的常務副市長的辦公室裏，曲志霞也看到了這個帖子，立時呆立當場，帖子雖然沒有直接點出她的名字，卻跟點了名沒什麼兩樣，因為在海川跟吳傾學習的女副市長，除了她再也沒別人了。

帖子是個名為「藏鏡人」的線民發出來的，曲志霞第一時間就認定一定是姚巍山和林蘇行在背後搗鼓出來的，她沒想到姚巍山和林蘇行會用這麼卑鄙齷齪的手段來對付她。一時之間，做事一向很有主見的曲志霞慌了神，不知道該怎麼處理這件事才好。對方既然敢發這個帖子，肯定事先做了一定的掩飾工作，查到最後的結果很可能是一樁無頭公案。然而不查的話，又會讓人覺得她默認了帖子的內容是真的。

這時，桌上的電話響了起來，顯示是傅華的電話，曲志霞拿起電話，說：「什麼事啊，傅華？」

傅華報告說：「副市長，熙海投資已經買下金牛證券百分之八的股份了。」

曲志霞說：「恭喜你了，傅華，居然開始搞證券公司了，看來駐京辦的生意是越做越紅火啦。」

傅華笑笑說：「沒什麼啦，只是個小股東，跟人家分點紅利罷了。您沒什麼事的話，我就掛了。」

曲志霞趕忙喊了聲：「傅華，你先別急著掛電話，我有事想要問問你的意見。你今天有沒有上網流覽東海論壇和海川熱線啊？」

傅華說：「沒有啊，我從早上一直忙到現在，還沒有開電腦呢。怎麼，這兩個網站上發佈了什麼與海川有關的重要新聞嗎？」

曲志霞催促說：「那你趕緊打開電腦看一下，上面出現了關於我和吳傾的一個帖子。」

傅華詫異地說：「那您等一下，我開電腦看看。」傅華打開電腦，果然看到了關於曲志霞的帖子。

他原以為林蘇行在北京沒查到什麼能夠拿得出手的證據，曲志霞跟吳傾被殺的這件事就算是告一段落了，沒想到居然又從網上冒了出來。他覺得姚巍山和林蘇行這麼做實在是太過分了，氣憤地說：「這個發帖的人實在是太卑鄙了，這麼做根本就是在破壞您的聲譽嘛。」

「我們先別去管他卑鄙不卑鄙，我現在想的是要不要追查是誰在背後搞的鬼。傅華，你說我現在應該怎麼辦才好呢？」曲志霞問計說。

傅華稍稍思索了一下，說：「曲副市長，我個人認為，這件事是一定要追查下去的，而且還要追查到底。」

曲志霞猶豫地說：「可是，如果非要查下去的話，就會把我跟吳傾的事都給抖出來的。」

傅華說：「我倒不這麼認為，您跟吳傾的事是很私密的，除了你和吳傾之外，就算是田芝蕾也拿不出什麼具體的證據能夠證明您跟吳傾究竟發生了哪些事，所以您不用擔心會查到對您有什麼不利的事。更何況，追查的目標並不是您和吳傾有沒有那種關係，而是究竟是誰在背後污蔑你。」

聽傅華這麼說，曲志霞的思路也理清了，說：「那行，我就讓公安部門介入這件事好了。」

傅華覺得這件事肯定和姚巍山和林蘇行逃不了干係，如果直接找公安部門追查，那姚巍山一定會私下干預，那樣，事情反而會不了了之，便建議說：「我覺得您先別直接去找公安部門，您應該把這件事跟孫書記反映一下，讓孫書記幫您出面主持公道，您是在孫書記領導下的幹部，他有責任維護您的。反正這個帖子估計他也在網上看到了，您不找他，他說不定還會以認為帖子的內容都是真的呢。」

曲志霞苦笑說：「唉，我現在可真是醜事傳千里了。好吧，反正已經鬧開了，那我就找孫書記，把事情鬧得更大一點好了。」

傅華說：「對啊，對方不是要鬧嗎，我們就給他鬧得更大一點。曲副市長，我覺得您可以適當的跟孫書記透露林蘇行去北京私下調查您的事，我想市委應該不會支持這種為了打擊報復而私下調查同志隱私的事的。」

曲志霞想了一下其中的利害關係，覺得把這件事告訴孫守義，對她還是很有利的，就說：「行，我就跟孫書記說，姚巍山不是要跟我玩嗎，我就陪他好好玩一下吧。」

結束跟傅華的通話之後，曲志霞整理了一下自己的思路，然後就去了孫守義的辦公室。

一進門，曲志霞就說：「孫書記，我要向市委反映一個情況，有同志為了挾嫌報復我，在網上發帖子污蔑誹謗我。」

孫守義也看到那個帖子了，他跟曲志霞一樣，也在第一時間就想到這件事極可能是姚巍山和林蘇行在背後搞的鬼。不過，孫守義卻不覺得應該出面追查誰是發帖人。這種事往往是一筆爛賬，查來查去還是不了了之，最後反而會讓人覺得海川市委領導班子烏七八糟的。但是現在曲志霞找上門來，孫守義對此就不能不聞不問了。

孫守義勸說：「曲副市長，那個帖子我看到了，一看就知道是在造謠誹謗你的。正所謂謠言止於智者，你不要去理會就好了，過段時間事情就會自動平息下去的。」

曲志霞恨恨地說：「孫書記，我也知道對這種無中生有的帖子最好是置之不理，但是這次情況有些特殊，發帖人是想把我搞臭，讓我沒有臉繼續留在海川，好把我從海川逼走，所以我擔心如果我不聞不問的話，對方會得寸進尺，變本加厲，使出更加卑鄙的手段來的。」

孫守義質疑說：「沒這麼嚴重吧？」

曲志霞告狀說：「怎麼沒這麼嚴重啊，您還不知道，這次副秘書長林蘇行跑去北京，是特別去調查我的，不但去北大到處詢問，還去公檢法部門找人幫忙調閱了吳傾被殺的案卷，就是想把我跟吳傾被殺聯繫上去，在查不到什麼證據的情況下，只好搞出這麼個帖子來。」

孫守義愣了一下，他知道曲志霞和姚巍山、林蘇行之間有矛盾，卻沒想到姚巍山居然派林蘇行去北京私下調查曲志霞，這可有點太過分了。

孫守義的臉色嚴肅起來，看了一眼曲志霞，說：「曲副市長，你說的這些都是真的嗎？」

曲志霞斬釘截鐵地說：「孫書記，這種事我能撒謊嗎？這都是我在北京的同學和一些朋友跟我反映的。一開始，我也沒想要把這件事鬧到您這裏來，就抓了林蘇行犯的其他錯誤，讓姚市長給了他一個記過處分，心說稍稍懲戒一下，他就能收斂了，哪知道他不但不知收斂，居然又搞出這麼個帖子在網上亂發，我對他這種卑劣的行為實在是忍無可忍了，所以我想在請示您之後，就向公安部門報案，請求公安部門對網上的帖子進行調查，從而懲處造謠誹謗我的人。」

孫守義迅速地考慮了一下利弊，他並不贊同曲志霞向公安部門報案，這肯定會成為海川市領導班子的一大醜聞，便說：「曲副市長，我也同意這件事必須要追查清楚才行，但是如果你去報案的話，影響層面就太大了一點，這對我們市委市政府來說，都不是太光彩的事。」

曲志霞皺了一下眉頭，說：「孫書記，您不會是要我就這麼放過這件事吧？」

孫守義笑說：「那當然不會，市委絕對不會對這種歪風邪氣不聞不問的。曲副市長，你看這樣行不行，我把這件事交代給姜非局長，讓他秘密調查一下，如果能證實林蘇行確實與之有關，市委一定會嚴肅處理的。」

曲志霞實際上也不想那麼大張旗鼓，畢竟這也不是什麼光彩的事，就點點頭說：「行，孫書記，一切就聽從您的安排吧。」

於是孫守義就打電話給姜非，交代他查明發帖人究竟是誰，並吩咐他一定要注重保密，不要傳揚出去。姜非一一答應了。

北京，海川市駐京辦，傅華辦公室。

傅華正在看公文時，湯曼敲門走了進來，說：「傅哥，盛川集團的馮董事長過來了，說是有事要跟你談。」

傅華看到馮玉山，心裏慌了一下，心說什麼事居然讓馮玉山親自找上門來了，不會是他發現了自己跟馮葵的關係了吧？傅華趕忙站起來迎了上去，說道：「馮叔，什麼事還讓您親自跑來啊？」

馮玉山笑笑說：「不來不行啊，傅先生的手腳太快了，我沒想到拿下金牛證券百分之八股份的人居然是傅先生啊。」

傅華趕忙說：「這是朋友介紹給我的一筆交易，正好熙海投資手頭有筆閒錢，我就買下來了。誒，馮叔，我們坐下來說吧。」

傅華說：「馮叔，我在這筆生意中應該沒什麼冒犯您的地方吧？我是在確認盛川集團放棄了股東優先權之後才同意做這筆交易的。」

馮玉山和善地說：「傅先生，你別誤會，我來沒有要指責你的意思。」

傅華不解地看了看馮玉山，說：「那您是為什麼來啊？」

馮玉山解釋說：「是這樣的，盛川集團最近因為內部在做結構上的調整，所以銜接上出了點問題，從而導致錯過了金牛證券這百分之八股份優先權的期限。當然，這個錯誤是盛川集團自己犯下的，應該由盛川集團自己來承擔，我這個董事長也首當其衝的要承擔主要責任。所以，我就想來問問傅先生，肯不肯給我一個改正錯誤的機會？」

這時，湯曼插嘴說：「馮董事長，如果我沒聽錯的話，您是想要熙海投資把這百分之八的股份轉讓給盛川集團吧？」

馮玉山點點頭說：「湯小姐很聰明啊，一猜就中。是的，我是想要熙海投資把這百分之八的股份讓給盛川集團。當然，我也不會讓熙海投資白忙一場的，我會在三億轉讓價格的基礎上再加價百分之十，作為對熙海投資的補償，我想這個條件，貴公司應該能夠接受吧？」

湯曼笑了一下，也沒跟傅華商量，直接就拒絕說：「對不起，馮董事長，您開出的價碼太低了，我們公司無意接受。」

馮玉山愣了一下，沒想到湯曼會拒絕得這麼乾脆，笑笑說：「馮小姐，你們熙海投資只是轉一下手，短短幾天的時間內就能賺到三千萬，這可是一筆相當划算的交易了。」

湯曼說：「馮董事長，划不划算這要看賬是怎麼算的，單純從時間上算，幾天內賺三千萬，效益確實是很可觀；但是如果這筆交易能賺三億，我們卻只賺了三千萬的話，那可就虧大了。」

「三億？」馮玉山錯愕的說：「湯小姐，你可真是獅子大開口啊，你想只憑這百分之八的股份就從盛川集團身上賺到三億，是不是也太貪了一點啊？」

湯曼理所當然地說：「是啊，我是很貪婪，但我不覺得這是一件壞事。電影《華爾街》中那個銀行家戈登就說過，貪婪是對的，貪婪可以理清一切，是進化與進步的精髓，我們都要貪婪，貪婪激發了人類向上的動力。」

馮玉山不禁看了一眼傅華，說：「湯小姐連問都沒問過傅先生的意見，難道就不怕傅先生覺得你越俎代庖了嗎？」

傅華雖然也有些責怪湯曼連徵詢都沒徵詢他的意見就直接拒絕了馮玉山，但是在這個場合下，他是絕對要支持湯曼的，就說：「馮先生，小曼是熙海投資的總經理，而且關於金牛證券這塊業務也是由她全權負責，因此她根本無需徵求我的意見。」

馮玉山笑笑說：「傅先生在用人方面可真是魄力十足啊。好吧，我承認我低估了你們對這百分之八股份的期望值，這樣吧，我再讓一下步，加價百分之二十，你們這一下就可以賺到六千萬了，這總可以了吧？」

傅華有些納悶起來，從買下股份到現在，也就幾天的時間，證券市場並沒有發生什麼風雲突變的大事，為什麼馮玉山不惜加價百分之二十也要把這百分之八的股份買回去呢？

傅華想搞清楚這其中的緣由，如果馮玉山確實有不得已的苦衷，他是很願意把這百分之八的股份轉讓給馮玉山的；就算是為了馮葵，他也願意伸出這個援手。

傅華問道：「馮叔，您能不能告訴我是什麼原因讓您這麼急切的想要這百分之八的股份啊？據我所知，盛川集團就算拿到了這百分之八的股份，也不會取代華天鋼鐵集團，成為金牛證券的實質控制人的。」

「這個理由嘛，」馮玉山稍微沉吟了一下，然後抬起頭來看著傅華說：「如果你非要我說個理由的話，那這個理由就在傅先生你身上。」

傅華被馮玉山這句話說得莫名其妙，滿頭霧水地說：「馮叔，我實在是想不出我怎麼會成為您要買下股份的理由，您能跟我解釋一下嗎？」

馮玉山笑笑說：「這很簡單啊，如果是別的公司買下這部分股份，我根本就不會在意的，但是你傅先生就不同了，你是一個進取心很強的人，我想你絕對不會僅僅只滿足於持有這百分之八的股份的。」

傅華沒聽明白馮玉山的意思，搖搖頭說：「馮叔，我不懂您為什麼會這麼認為，金牛證券的股東結構是華天鋼鐵集團一股獨大，我就算不滿足於只有百分之八的股份，眼下來看，我也沒有機會掌控金牛證券的。」

馮玉山露出微妙的表情說：「眼下沒有，不代表以後就沒有，就我個人的感覺，你將來一定會成為我掌控金牛證券的一個強有力的阻礙，所以我寧願現在多花點錢，好為將來減少一個強有力的競爭對手。」

馮玉山的話，有一種強烈蔑視的意味，將強者的姿態在傅華面前展露無遺，這等於是在告訴傅華，我知道你想要跟我競爭，為了避免將來你給我找麻煩，我現在就給你點小錢打發你算了。

馮玉山這種高高在上的姿態，不但徹底打消了傅華讓步的念頭，還把他因為馮葵而對馮玉山所產生的不滿情緒再次給激發了出來，心說：你是馮老的兒子又如何？就算再怎麼狂，也得求我把這百分之八的股份讓給你。不錯，你可以阻礙馮葵跟我的交往，但是你想靠馮家的威勢或者財富逼迫我轉讓股份給你，那可就是癡心妄想了。

傅華笑了起來，說：「馮叔，能被您視為是一個強勁的對手，這讓我很自豪啊，您也成功的激起了我的好勝心，我想如果將來真的有機會跟您較量一下的話，一定會是件十分過癮的事。」

馮玉山話裏藏針地說：「年輕人，爭強好勝是件好事，但是也要考慮實際的情況，六千萬已經不少了，一家中型的企業一年的純利有時候都很難達到這個數目，你還是見好就收吧。」

傅華態度轉硬地說：「馮叔，這不是賺不賺六千萬的問題，本來我們是沒有打算要出手這百分之八股份的想法，不過呢，您既然開了口，小曼也喊出了再加三億的價碼，這樣吧，我給您面子，如果您同意加三億，我們就把這百分之八的股份轉讓給您。」

馮玉山呵呵的笑了起來，諷刺地說：「你倒是給了我一個天大的面子啊。看來我真是有點老了，跟不上你們年輕人的思維啦。傅先生，我承認你最近在北京躥升的很快，不過你也別太得意了，有句老話說得好，飯要一口一口的吃，吃得太急的話，很容易會被噎著的。」

傅華還擊說：「馮叔，謝謝您的提醒，我會對這百分之八的股份細嚼慢嚥，看看能不能從中吸收到比三億更多的營養的。」

馮玉山真是被氣極了，再也顧不上保持那種淡定優雅的氣質，直接就站了起來，氣呼呼的說：「那你就細嚼慢嚥去吧，告辭了。」

傅華也站了起來，笑說：「馮叔叔，您這樣的大人物來我這個小地方一次也不容易，我送送您吧。」

馮玉山氣沖沖地說：「不用，我承擔不起！」轉身就離開了傅華的辦公室。

傅華看馮玉山氣急敗壞的背影，不禁搖搖頭，原來馮家的強大只是一個虛幻的假象，在利益的面前，他們一樣會失去他們裝扮出來的優雅和風度。

湯曼在一旁忍不住說：「傅哥，我怎麼覺得你剛才有點小人得志的樣子啊？是不是對能氣到馮玉山心裏很興奮啊？」

傅華回說：「你還有臉說我呢，是你先喊出三億的加碼來的。」

湯曼喊冤說：「我喊出三億加碼不假，但是我可沒說一點商量的餘地都沒有，如果剛才馮玉山肯在三億的基礎上再加一億的話，我應該就會接受的，哪像你非要人家加三億啊。」

傅華笑說：「誒，小曼，我堅持三億那是為了維護你的面子耶，你現在倒怪起我來了。」

「少來這一套，」湯曼戳破傅華的話說：「傅哥，你別以為我看不出來，你這麼對馮玉山，是因為你本來就對馮玉山有股怨氣，你老實說，是不是馮玉山反對你跟那個馮葵在一起，所以你才對他這麼有意見的？」

傅華忙否認說：「你別瞎說，馮家的門第這麼高，馮葵根本就不會看上我這種男人的。」

湯曼火眼金睛地說：「傅哥，你這說的就是氣話了，你跟馮葵一定是有過什麼，所以你才會這麼生氣的。」

傅華不想再糾結這個話題，說：「好了，小曼，你就別在那裏瞎猜了，有時間你去做點正事好不好？」

湯曼笑笑說：「我這就是在做正事啊，我在跟你討論盛川集團如果加價一億的話，我們是不是要把那百分之八的股份出手的問題，其實我覺得這筆交易賺一億也是可以的，你看我們是不是回過頭去再跟馮玉山談一談啊？」

傅華堅決地說：「沒必要再談了，現在即使盛川集團加價三億，我都不會同意賣的。」

湯曼勸道：「傅哥，做生意是不能賭氣的，賭氣往往就會錯失一些大好的商機。」

傅華反駁說：「原來你覺得我是在跟馮玉山賭氣啊，真是笑話，你看我是那種意氣用事的人嗎？」

湯曼說：「以前我不覺得，但今天我卻真的認為你是在賭氣。在這件事情上，我感覺你一直怪怪的。你知道為什麼馮玉山加價三千萬的時候，我連問都不問你就拒絕他嗎？」

傅華順口說：「這有什麼為什麼，不就是馮玉山開出的價位沒達到你的心理預期嗎？」

湯曼搖搖頭：「不是這個原因，我之所以連問都不問就拒絕他，是因為我擔心你會一口就答應下來。」

傅華愣了一下，說：「你這個理由有點怪啊，三千萬也是筆不少的錢了，我就算是答應他，也沒什麼錯啊。」

湯曼說：「是沒什麼錯，但我怕的是你不是因為賺到三千萬才答應馮玉山的。」

傅華不禁納悶說：「小曼，你的話越說越怪了，我不是因為賺到三千萬又會是什麼啊？」

湯曼笑笑說：「你非要我拆穿你嗎？我覺得你會因為馮葵而答應的，我強烈的感覺到，如果馮玉山放低姿態，說理由是他要為錯誤的決策承擔責任之類的話，你肯定會答應把股份轉讓給他的。」

傅華心裏一驚，湯曼居然猜到了他的真實想法，嘴上卻否認說：「好了，你別說了，你真是太自以為是了。我那麼做是因為我對這件事另有想法，並不是你想的那樣。」

「另有想法？」湯曼不滿地說：「傅哥，你可別想隨便編個理由就把我給忽悠過去啊，行，你不是另有想法嗎，那你現在說給我聽，我倒要看看你的想法能不能站得住腳。」

傅華說：「你真是以小人之心度君子之腹，好吧，我跟你說就是了。我之所以會堅持三億的加價，實際上是在拒絕馮玉山，因為我突然意識到馮玉山這麼做，絕不是他擔心以後我們會給他找麻煩，而是我們現在就可能會給他造成麻煩。」

湯曼困惑地看了看傅華，說：「傅哥，現在我們不賣給他股份，肯定會給他造成困擾的，但是這不能夠作為你不同意賣給他股份的理由吧？」

傅華分析說：「你還沒明白我的意思，我是覺得馮玉山來買這百分之八的股份，一定是有別的理由。比方說華天鋼鐵集團持有的百分之六十一的股份想要出讓呢？如果是這樣的話，我們雖然是小股東，但是也跟盛川集團一樣擁有股東優先權的，那樣的話，我們還真的可能會跟他們爭上一爭的。」

湯曼不相信的說：「你說華天鋼鐵集團也要出售金牛證券的股份，這不太可能吧？」

傅華說：「這怎麼不可能啊？從馮玉山急迫的樣子來看，這種可能性很大。你不相信的話，很簡單，你哥是搞證券的，讓他找人問問華天鋼鐵的人不就知道了嗎？」

湯曼不禁說道：「問問是可以，不過傅哥，你不會真的是要買下華天鋼鐵手中的股份吧？」

傅華反問：「怎麼了，不可以啊？」

湯曼說：「我覺得不可以，目前我們沒有這個實力買下華天鋼鐵手中的股份，如果想要買下百分之六十一的股份，初步估算最少也要二十多億，這筆資金我們是很難籌措出來的。」

傅華說：「如果華天鋼鐵現在就要賣這些股份的話，我們肯定是無法買的，不過我估計，他們現在僅僅是意向詢價的階段，應該還能給我們一段籌措資金的時間，因此我們要買下它也不是不可能的。很快平鴻保險的第二筆資金就要到賬了，而且我也可以向天策集團融一部分資。」

湯曼無奈地說：「看來你為了跟馮玉山鬥氣，是非要買下這些股份不可了，那樣我們剛剛稍微緩解的資金狀況就又要緊繃起來了。」

傅華開導說：「小曼，你這是鑽進牛角尖裏去了，你想過沒有，這對我們其實是一個很好的機會，現在證券市場正是低潮期，華天鋼鐵一定不會要價太高的，我們這時候不逢低買入，還等什麼時候啊?!」

湯曼不以為然地說：「傅哥，你總是會為自己找藉口，我可沒忘幾天前你還對買這百分之八的股份猶豫不決的。」

傅華笑說：「好了小曼，我們先不討論這個了，我們還不知道究竟是不是真的有這回事呢。你先去找你哥，讓他幫我們查一下華天鋼鐵究竟有沒有要出讓股票的意向，有的話，我們再來討論買或不買，行嗎？」

湯曼點點頭，說：「行，那我去找我哥問一下。」

詢問的結果，華天鋼鐵還真有這個想法，只是高層還沒有最終拍板。傅華聽到消息之後，認定華天鋼鐵的領導層遲早會決定賣掉這些股份的，因為現在國內的鋼鐵業很不景氣，再加上證券業同樣處於低迷狀態，繼續持有，盈利前景並不樂觀，不如當機立斷，斷尾求生。

於是傅華讓湯曼繼續關注這件事，一旦華天鋼鐵集團的高層作出出售金牛證券股份的決定，就馬上跟華天鋼鐵進行接洽，看看能不能將股份給買下來，就算價格談不攏，給馮玉山製造點障礙也好。

海川市市委，孫守義辦公室。

孫守義正在聽取姜非的匯報。

姜非說：「您交代我查的事情，據我調查的結果，林蘇行同志前些日子帶他岳父在北京治病的期間，私下確實是對曲副市長進行了一些調查，主要是曲副市長跟北大教授吳傾被殺的事有無關聯。」

孫守義冷笑一聲說：「他的工作做得還挺深入的嘛，那目前的資料來看，曲副市長與吳傾被殺一案究竟有沒有關聯呢？」

姜非搖搖頭說：「我看了案卷，官方資料中並沒有任何證據顯示曲副市長跟吳傾被殺一案有關。北大的教授和學生們對此也拿不出什麼確鑿的證據，他們只聽說曲副市長與吳傾的關係很親密而已。」

孫守義說：「道聽途說的事情是不足為憑的，那關於網上那篇映射曲副市長的帖子，你們查得怎麼樣了？」

姜非說：「這個就沒那麼好查了，經過我們的網警初步核實，發出這個帖子的網址是在美國的西雅圖，美國人當然不會對曲副市長的事情那麼關注，因此研判發帖子的人很可能是採用了駭客技術，隱藏了真正的網址。」

孫守義不可思議地說：「這傢伙還跟我們玩上高科技了！」

姜非說：「是啊，現在的犯罪分子很多都是高智商高學歷。孫書記，遵照您的指示，這件案子的調查一直是在秘密進行的，現在證據顯示，林蘇行同志雖然不能說就是發這個帖子的人，卻有高度的嫌疑，是不是讓警方跟他接觸一下啊？」

孫守義想了一下，搖搖頭說：「暫時不要這麼做，如果進行公開調查的話，會影響到市委市政府的聲譽的，這樣吧，我會跟林同志好好談一談，如果他能主動承認，這件事就在內部處理好了，如果他頑抗到底的話，那你們警方再出面也不遲。」

於是送走姜非後，孫守義就打電話給林蘇行，讓他到市委書記辦公室來一趟。十幾分鐘後，林蘇行出現在孫守義的面前，有些緊張地問道：「孫書記，您叫我來有什麼指示嗎？」

孫守義看著林蘇行，林蘇行舉止間畏畏縮縮的，一看就是做賊心虛的樣子，這讓孫守義心裏更加厭惡了。

「蘇行同志，我找你來，是有些事需要向你瞭解一下，前幾天在海川熱線和東海論壇上出現了一篇關於我們海川市的帖子，不知道你看過沒有啊？」

林蘇行點點頭說：「看到過，孫書記。」

「哦，那你對帖子的內容是怎麼看的啊？」

「造謠，」林蘇行裝作忿忿地說：「帖子的內容完全是造謠污蔑，一看就知道發帖子的人用心很惡毒。」

孫守義心裏冷笑一聲，你這傢伙就在我面前裝吧，我倒要看看你能夠裝到什麼時候，他笑笑說：「既然你知道帖子的內容是造謠污蔑的，那也就是說你知道這個帖子是在針對誰了？」

林蘇行這時候感覺到有點上了孫守義的當了，話既然講到這個份上，他就不好再否認他知道帖子的內容是針對曲志霞的了，因此只好說：「這一看就知道，海川市只有常務副市長曲志霞同志是女同志，帖子裏的女副市長當

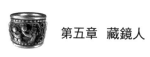

然是指她了。」

「哦，你知道帖子是針對曲副市長的啊，」孫守義說：「那我就要問你一個問題了，你個人對曲副市長是怎麼個看法啊？」

林蘇行越來越有不妙的感覺，他感到孫守義這是在一步一步把他逼向牆角，他自然不會甘心就犯，於是說：「孫書記，我知道您懷疑是我發了這篇帖子，我承認我對曲副市長某些方面不太尊重，不過我可沒有因此在網上發帖造謠污蔑她，這篇帖子真的不是我發的。」

第六章

揮淚斬馬謖

姚巍山明白孫守義是想將林蘇行趕出海川市，
知道此刻到了他必須要揮淚斬馬謖的時候了，
如果他不同意孫守義的處理方式，
孫守義一定會將林蘇行交給警方去處理的，
那時候，恐怕他也會受牽連。

孫守義不相信地說：「蘇行同志，我想你是不是有點避重就輕了，你跟曲副市長之間恐怕不僅僅是你某些方面不尊重她的問題吧？據我所知，之前就是因為曲副市長的關係，海川市政府才給了你一個記過處分的，還讓你補交在駐京辦的食宿費用，你心中難道就沒有為此恨她嗎？」

孫守義這麼問，林蘇行頓時陷入一個兩難的境地，說恨吧，越發坐實了他有發帖的嫌疑；說不恨吧，連他自己也不會信的。

林蘇行為難地說：「孫書記，曲副市長堅持要給我記過處分，我當然很不滿，但是，帖子確實不是我發的，不能就因為我不滿她，就非說是我發這個帖子的吧？」

「那你對帖子裏說曲副市長跟北大教授吳傾被殺一案有關這件事，是怎麼看的？」孫定義質問。

林蘇行斟酌了一下，然後說：「孫書記，這個我就不好下判斷了，吳傾被殺一案當時挺轟動的，加上又涉及到曲副市長，難免就比較關注這件事相關的消息，包括報紙電視上的報導，各種說法都有，莫衷一是，我也不知道曲副市長究竟與吳傾被殺一案有沒有什麼關係。」

孫守義盯著林蘇行說：「照你的說法，你只是在媒體上關注過這件事了？難道你就沒從別的途徑關注過這件事嗎？」

林蘇行心頭一震，他很懷疑孫守義已經知道他去北京調查過這件事，但是，就算是這樣，他也不能承認，一旦承認，他的下場恐怕會更慘。

林蘇行猛地搖搖頭說：「沒有，孫書記，我就只是關注過媒體上的報導而已。」

孫守義表情嚴肅地說：「蘇行同志，雖然這是一次私人的談話，但是我還是希望你能誠實一點，我再問你一次，你真的沒有通過別的途徑關注過這件事嗎？」

林蘇行頭上開始冒汗了，暗罵孫守義太狡猾，從頭到尾都是挖好了陷阱等他往裏跳，但是他還抱有一份僥倖心理，死不承認地說：「我很肯定沒有通過別的途徑關注過這件事。」

孫守義生氣地說：「林蘇行，我沒想到你是一個這麼不老實的人，坦白跟你說吧，在網路上那篇影射曲副市長的帖子出來後，曲同志就請示過我，想要到公安部門報案，但我考慮到這件事一公開的話，會嚴重的影響海川市市委市政府的聲譽，就沒有同意她這麼做。不過，市委市政府也不能對這種造謠污蔑自己同志的醜惡行為不管不問，所以我就安排市公安局的姜非局長秘密對這件事情展開了調查。」

聽到姜非秘密調查過這件事，林蘇行頓時面如土色，額頭冒出了豆大的汗珠，惶恐地說：「孫書記，是我不好，我承認我是趁帶我岳父去北京治病的時候調查過曲副市長，但是這個帖子真的不是我發的……」

孫守義拍著桌子說：「你還真是不見棺材不落淚啊，你對曲副市長堅持處分你很不滿，又去調查過曲副市長與吳傾被殺的關聯，對整件事你相當瞭解，你說這個帖子不是你發的，那又會是誰啊？」

「孫書記，我知道我有很大的嫌疑，但是我真的是冤枉的啊，您並沒有證據能夠證明這個帖子就是我發的吧？如果您能拿出證據來，我二話不說直接就去公安部門投案自首。」林蘇行百口莫辯，發著毒誓說。

孫守義搖搖頭說：「蘇行同志啊，你這麼有恃無恐，是不是因為你知道這個帖子的網址已經被隱藏了起來？網警部門就算是追查也追查不到你的頭上去啊？」

林蘇行知道他這次算是跳進黃河也洗不清了，腦子裏亂成了一鍋粥，這時候他想的只有一件事，就是怎麼才能洗刷自己的嫌疑，因此對一些應該顧忌的事情也顧不得了。

林蘇行叫說：「不是的，孫書記，您聽我說，我真的是冤枉的，我只是一個政府的副秘書長，哪懂什麼駭客技術啊？而且在事情發生前，姚市長明確的要求過我，不要對曲副市長有什麼報復行為，您說我怎麼敢違背姚市長的指示呢?!」

孫守義立刻說：「林蘇行，你這麼說，就是姚市長對你的所作所為都是知情的了？」

林蘇行愣了一下，馬上意識到他說了更不該說出的事了，這等於是把姚巍山是幕後指使者給供了出來，趕忙改口說：「不是的孫書記，姚市長是看到我對曲副市長給我記過處分忿忿不平，怕我做出不理智的行為，所以才這麼說的。」

孫守義笑笑說：「姚市長這麼說倒是挺對的。誒，林蘇行，有件事我很奇怪，你去北京調查曲副市長是發生在你被處分之前，那時候你應該還沒有因為被記過而對她不滿，你能告訴我是什麼原因讓你專門跑去北京調查她嗎？」

林蘇行語塞了，遲疑了半晌才說：「是我不好，是我太好奇了，我不是專門跑去調查曲副市長的，而是去北京後，正好有些空閒時間，就想瞭解一下這件事的真相究竟是怎樣的。」

孫守義佩服地說：「林同志，你的口齒還真是伶俐啊，不知道你到了公安部是不是也能把話說得這麼滴水不漏呢？」

林蘇行忙擺擺手說：「孫書記，我說的可都是真話，就是去了公安部門，我還是會這麼說的，所以還是不要麻煩公安部門的同志了吧？」

孫守義冷冷地說：「那我希望你能一直堅持今天的說法，既然你說你是無辜的，讓公安部門調查一下，幫你洗脫嫌疑也是好的。行了，你回去等著接受公安部門的調查吧，公安部門是不會隨便冤枉好人的。」

林蘇行看孫守義的神色嚴肅，知道再哀求下去也沒有用，還不如趕緊去找姚巍山想辦法呢，於是就灰溜溜的離開了孫守義的辦公室。

回到市政府，林蘇行馬上找到了姚巍山，說：「姚市長，事情不好了，孫守義想要公安部門調查我。」

姚巍山對此早有心理準備，他知道那個帖子的事絕對不會輕易就過去的，只是沒想到孫守義會直接讓公安部門調查林蘇行。他說：「你先別慌，說說是怎麼一回事。」

林蘇行就將孫守義把他叫去詢問的經過講了一遍，然後說：「姚市長，您幫我去跟孫書記求個情吧，不要讓公安部門介入這件事行不行啊？就算是再給我一個記過處分，我也願意接受的。」

姚巍山看了一眼林蘇行，沉重地說：「老林啊，到這時候恐怕一個記過處分已經是不行了，你要作更壞的打算。」

林蘇行意有所指地說：「如果非要我接受公安部門的調查，姚市長，我是可以堅持不把您讓我去北京調查曲副市長這件事講出來，不過，恐怕很多人還是會把這件事跟您聯繫起來的。」

林蘇行的話明顯帶著威脅，姚巍山就很不高興的瞪了林蘇行一眼，說：「老林，這都是你自己招來的麻煩，你不發那個帖子，不就什麼事都沒有了嗎？」

林蘇行絕望地發著重誓說：「姚市長，我真的沒發那個帖子，您怎麼還不相信我啊？我對天發誓，如果是我發的，就讓我不得好死。」

姚巍山不禁有些相信林蘇行真的不是那個發帖人了，因為事情鬧到這個地步，林蘇行也沒有必要跟他撒謊，姚巍山就抓起電話，打給孫守義。

孫守義正在等姚巍山這個電話，他並沒有真的要將林蘇行交給公安部門的意思，不然他就會讓姜非直接把林蘇行帶走，而不是讓林蘇行先回去。他這是要給林蘇行一個緩衝的空間，讓林蘇行去把姚巍山搬出來說情的。

孫守義說：「我現在有空，你要過來嗎？」

姚巍山說：「是啊，有件事我要跟您商量一下。」

「行啊，你過來吧，正好我也有事情要跟你說。」孫守義說。

姚巍山去了孫守義的辦公室，坐下來後，孫守義不滿的說：「老姚啊，那個林蘇行是怎麼回事啊，居然私下去北京調查曲副市長。如果下面的同志都像他這個樣子，海川市豈不是要亂套了？」

姚巍山尷尬的說：「是啊，這個同志是很不應該，剛才他跑去我那兒，把事情經過一五一十的都跟我說了，承認他不該一時好奇，隨便去調查曲副市長的。」

孫守義搖搖頭說：「老姚，他這麼說你就信啊？問題不會這麼簡單的，姜非局長認為他很可能就是那個發帖人，所以請示我要對他進行偵查詢問。」

姚巍山趕忙阻止說：「孫書記，我覺得把林蘇行交給公安部門去調查有些不妥，一來，這就把整件事向社會曝光了，對我們市委市政府的形象會造成很大的負面影響；二來，林同志跟曲副市長間的矛盾將會更加激化，今後他們的工作會更難配合好的。」

孫守義故意說：「老姚，你不要我把他交給警方調查，又不能讓他承認犯的錯誤，這不是給我出難題嗎？你怎麼這麼護著他啊？難道真的是像他說的那樣，是你在背後指使他這麼做的？」

「什麼？」姚巍山驚訝地說：「林蘇行說是我在背後指使他的？」

孫守義說：「他倒沒有明確的這麼說，不過這麼暗示過，起碼你對這些事是知情的。」

姚巍山心裏暗罵林蘇行混蛋，生氣地說：「這傢伙真是胡說八道，我是在剛才他找我承認錯誤的時候，才知道他去北京調查過曲副市長的。」

孫守義說：「這個林蘇行確實很不老實，在我面前也是一再的說謊，我越發覺得網上那個帖子是他發的了。老姚啊，我看你也別護著他了，就把他交給姜非去調查一下好了。」

姚巍山深怕林蘇行把他的事咬出來，急急地道：「孫書記，我不是護著他，我考慮的是我們市委市政府班子的形象問題，我總覺得就這麼把他交給公安部門去處理，對我們是很不利的。」

孫守義看了看姚巍山，說：「既然你這麼反對把他交給公安局，那你說該拿他怎麼辦吧？」

姚巍山想了一下，說：「我覺得是不是找個別的什麼理由，給他一個降級處分之類的懲戒好了。」

孫守義反對說：「老姚，你說的這個處分太輕了吧？恐怕曲副市長不會接受的。這件事不能單方面的考慮，你要護著林蘇行我不反對，但是也要讓曲副市長肯接受才行啊，曲副市長當初可是堅決要報案處理的。」

姚巍山不禁問道：「孫書記，那您說要怎麼處分林蘇行比較合適呢？」

孫守義說：「我想這件事既然在海川鬧得沸沸揚揚，曲副市長肯定不願意再看到他了：這個同志道德品行也實在太差，繼續留在我們海川市的幹部隊伍中也不合適。」

姚巍山明白孫守義是想將林蘇行趕出海川市，心情難免有些沮喪，當初他可是費了好大的力氣才將林蘇行給調來海川，沒想到今天被孫守義幾句輕飄飄的話，他前面所有的努力就都化成了泡影。

不過，姚巍山知道此刻到了他必須要揮淚斬馬謖的時候了，如果他不同意孫守義的處理方式，孫守義一定會將林蘇行交給警方去處理的，那時候，恐怕他也會受牽連。

姚巍山就苦笑了一下說：「您說的對，發生這種事，林蘇行同志也不適合繼續留在海川了，我會說服他自行調離海川市的，您看可以嗎？」

姚巍山這個辦法正中孫守義的下懷，點了一下頭，說：「既然你這麼說，那就讓他自行調離好了。不過這件事不能拖得太長，就給他一個月的期限去聯絡新的工作單位，如果到了一個月還不行的話，就讓他自行辭職吧。」

當林蘇行聽到姚巍山說孫守義限他一個月的時間調離海川，一下子從座位上跳了起來，叫道：「孫守義這是想逼死我啊，我往哪裡調啊？華靜天肯定不會讓我再回乾宇市，別的地方我又聯繫不上。」

姚巍山沒好氣地瞪了林蘇行一眼，說：「你跳起來幹嘛啊，我又沒說不幫你想辦法。」

林蘇行頹然的坐了下來，嘆了口氣說：「唉，姚市長，我這次真是憋屈啊，明明不是我發的帖子，卻害得我在海川無處容身，問題是到目前為止，我還不知道究竟是哪個混蛋在背後整我的。」

姚巍山這時相信那個帖子真的不是林蘇行發的了，不過相信又有什麼用呢，只好安慰他說：「老林，你現在說這話一點意義都沒有，我們還是趕緊想辦法把你調出海川市吧。」

北京。

豐源中心的工地上，水泥攪拌車轟鳴，工人們正在熱火朝天的施工。傅華和湯曼戴著安全帽來到工地，余欣雁看到他們，從施工指揮部裏迎了出來。

傅華問道：「余助理，怎麼樣，工程進行的還順利嗎？」

余欣雁笑笑說：「目前一切都還順利，我陪兩位一起看看。」

余欣雁就陪同傅華和湯曼一起參觀工地，走了幾步之後，余欣雁扭頭看著湯曼，說：「湯小姐，最近中衡建工在傳一件事，說你們傅董在我們公司的金總經理面前問我結沒結婚，然後說我這麼大年紀還沒結婚心理有些扭曲變態，我想這應該是個污蔑傅董的謠言，傅董應該不會這麼說過吧？」

湯曼笑著看了傅華一眼，說：「傅哥，這是你做出來的事，你來回答吧。」

傅華有些不好意思地解釋說：「不好意思啊，余助理，我當時是為了要弄金正群才這麼說的。」

余欣雁的臉馬上沉了下來，說：「我就猜到你肯定是這麼說過，你要要弄金正群，辦法多得是，為什麼拿我的私事來開玩笑啊？」

傅華趕忙道歉說：「對不起，我錯了，我當時沒想那麼多。」

余欣雁生氣地說：「哼！一個大男人，嘴可真是夠賤的，居然在背後說我心理變態，我看你才是心理變態呢。」

傅華被說得滿臉通紅，尷尬無比，卻不好反駁，畢竟是他不對在先。

湯曼看傅華窘迫的樣子，幫他解圍說：「余助理，傅哥那天這麼說也是好意，說起這個金正群，你對他可要防備一些，那天他想盡辦法套傅哥的話，就是想找到什麼能對付你的把柄。」

余欣雁埋怨說：「我知道他是好意，但是他這個好意卻很傷人，現在公司很多人都在我背後嘀咕，說我是個心理變態嫁不出去的女人，這都是他平白給我惹的麻煩，因此我不但不感激他，心裏還越發覺得他很討厭。」

傅華對此也是無可奈何，余欣雁從跟他打交道以來，很多地方都看他不順眼，傅華就不再解釋什麼，而是轉了話題：「誒，余助理，金正群現在怎麼樣了？」

余欣雁說：「被董事會安排去海南省清欠去了，估計一時半會是無法從海南回來了。」

看完工地，傅華和湯曼坐車返回海川大廈，在車上，湯曼順口問道：「傅哥，你覺得這個余助理人怎麼樣啊？」

傅華想了想說：「很好啊，人漂亮又很能幹。」

湯曼說：「那你想沒想過要追求她啊？」

傅華嗤了聲說：「追求她？你開什麼玩笑啊，你沒看她見到我時那副橫眉冷對的樣子嗎？這種女人如果娶回家，我要少活好幾年的。」

湯曼笑說：「你錯了，我感覺她對你生氣，反而是因為她很在意你對她的看法的緣故。」

傅華愣了一下，說：「你這個說法很怪啊，她如果真的在意我對她的看法，就不會處處來針對我了。」

湯曼解釋說：「那是你先冒犯了人家嘛。你先是覺得人家經驗資歷不夠，還想讓倪董走馬換將，現在又說人家心理變態，哪個女孩子能接受她心儀的男人這麼說她啊？肯定要想辦法還擊的。」

傅華搖搖頭說：「就算是這樣，那也說不通，余欣雁從來都沒在我面前表現出她對我有好感。」

湯曼叫說：「傅哥，你不會遲鈍到這個程度吧？她已經表現得很明顯了，難道你沒看出來？你想，像余助理這樣精明能幹的女人，難道她真的會在意對手陣營在背後對她議論了些什麼嗎？既然是對手，自然不會說她什麼好話的，她真正在意的是你這麼說她。還有，你還記得上回你上娛樂版頭條的事嗎？報導上的那張照片，你的樣子很模糊，不是十分在意你的人，是不會認出那個男人就是你的，余欣雁卻直接把你對上了號，你說她是不是很在意你啊？」

傅華失笑說：「小曼，你有點想得太多了。」

湯曼斬釘截鐵地說：「我絕對不是胡思亂想，你不信的話，可以試著約她一下嘛。」

傅華開玩笑說：「怎麼，小曼，你要改行做媒婆了嗎？」

湯曼笑了：「我才不做什麼媒婆呢，我只是覺得這麼好的一個女孩你放過就太可惜了，傅哥，你不會打算以後不再結婚了吧？」

傅華說：「我也不知道以後會如何，不過目前我沒有這個想法。而且就算我有這個想法，我也不會去追求余欣雁的。」

傅華心說余欣雁是倪氏傑的禁臠，我去碰她豈不是自找麻煩?!

「好了小曼，我們不要討論余欣雁了，華天鋼鐵對出售金牛證券的事最近有沒有什麼新的動向啊？」

湯曼搖搖頭，說：「沒有什麼新的動向，據我哥那個朋友講，華天鋼鐵集團的領導層目前對此尚有分歧，因此遲遲尚未做出最後決定。」

傅華判斷說：「他們遲早會出售的，因為鋼鐵業幾年之內是無法恢復景氣的，為了維持企業的正常運營，一定需要填進去很多的資金。」

湯曼聽了說：「好的傅哥，我會繼續關注他們的動向的。」

傅華又說：「再是小曼，你去想辦法查一下金牛證券目前賬上可動用的資金有多少。」

湯曼疑惑地說：「傅哥，你查這個幹什麼？」

傅華說：「當然有用了，如果我們真的買下華天鋼鐵百分之六十一的股份，加上我們手中百分之八的股份，我們對這家公司就擁有百分之六十九的股份了，可以絕對掌控這家公司，到時候，我們就可以用金牛證券的部分資金為我們熙海投資做些事了。」

湯曼不禁說道：「傅哥，你對自己還真是有信心啊，我覺得熙海投資跟盛川集團對決，無論是資金實力還是人脈關係，我們可都一點優勢都不占的。」

傅華責備說：「小曼，你怎麼可以這麼長別人的志氣，滅自家的威風啊？」

湯曼吐了下舌頭說：「我說的是事實嘛。」

傅華駁斥說：「事實什麼啊，我們明明是有優勢的，你卻視而不見。」

湯曼不以為然地說：「傅哥，我看你是為了跟馮玉山賭氣，失去理智了吧？就算你贏了馮玉山又怎麼樣？難道那樣你就可以跟馮葵在一起了嗎？我看你還是選擇余欣雁更實際一點。」

傅華看了一眼湯曼，說：「小曼，原來你撮合我和余欣雁是為了我和馮葵的事啊？我跟你說了，我不是在跟馮玉山賭氣，你怎麼還在糾纏著這件事不放啊？」

湯曼承認說：「是，我撮合你和余欣雁，就是想讓你忘記馮葵，你嘴上說什麼現在不想考慮婚姻問題，實際上就是因為你對馮葵餘情未了，你明知道爭不過盛川集團卻依然要去爭，為的就是要贏馮玉山。我跟你說傅哥，我為了熙海投資也付出了很多的心血，我絕對不允許你為了賭一口氣，就把熙海投資置於這麼危險的境地。」

傅華有點哭笑不得的感覺：「小曼，姑且不說我跟馮葵沒有你想的那種事，就算有，我也不會為了賭一口氣就非要去跟馮玉山爭的，我要這麼做，是有我自己的考量，我可沒失去理智。」

湯曼見傅華嘴硬不肯承認，就說：「那好吧，既然你沒失去理智，那你告訴我，熙海投資什麼地方比盛川集團佔優勢的？」

傅華分析說：「這不是明擺著的嗎，盛川集團是家老資格的公司，他們經營了這麼多年，內部肯定存在著許多問題，馮玉山現在對這間公司的掌控力並不強，不然他們也不會錯失買下那百分之八股份的機會。而我們呢，事權統一，我們兩個只要商量一下，就可以做出買或者不買的決定，這一點上，我們比馮玉山可是占了絕對的優勢的。」

湯曼聽了，又說：「傅哥，雖然你這個理由很牽強，但是勉強還能說得過去。不過，如果到時候馮玉山能夠統一內部的意見，團結一致來跟我們爭奪金牛證券的控制權呢？」

傅華說：「那我會量力而行的，爭得過就爭，爭不過就放棄。」

湯曼點了一下頭說：「好吧，我同意繼續想辦法爭取金牛證券的控制權，不過希望傅哥你也記住你剛才說過了什麼。」

傅華承諾說：「我不會忘記我說過什麼的。不過小曼，我希望你以後在我面前不要再拿馮葵說事了，我再重申一遍，我跟馮葵、馮玉山之間，絕對不是你想的那樣的。」

湯曼不禁搖了搖頭，說：「你別以為這樣就能騙得了我，你跟馮葵肯定有過一段刻骨銘心的感情。不過你既然答應我會量力而為，我也不想去跟你爭執了，以後我不再提這件事就是了。」

正在兩人談話的時候，傅華的手機響了起來，看看號碼居然是單燕平的，他就有些奇怪，自從上次傅華去找過單燕平後，兩人就沒有再聯繫過。傅華覺得單燕平一定是對他有什麼意見了，沒想到單燕平居然會打電話來。

傅華接通了電話，單燕平笑說：「老同學，我還以為你會因為生我的氣，不接我電話了呢？」

傅華說：「怎麼會，平鴻保險公司那件事你幫了我很大的忙，我感激還來不及呢，又怎麼會生氣啊！」

單燕平呼了口氣說：「你沒生我的氣就好，這麼多年的同學了，我可不想為一點小事就鬧到不聯繫了。」

傅華笑笑說：「不會的，同學之間的感情是最真摯的嘛。誒，老同學，你找我有事啊？」

單燕平說：「當然有事啦，你有時間嗎？有空的話過來我這裏一趟，又有一家公司對你們那個項目的辦公大樓感興趣了，你過來，我介紹你們認識一下。」

這可是個令傅華相當意外的事，按說單燕平不太可能再幫他聯繫預售豐源中心大樓的事了，

李凱中對他跟許彤彤的車震事件仍然耿耿於懷，單燕平是仰靠李凱中鼻息生存的人，應該不會再願意幫他的忙才對。

傅華心中不禁打了一個大大的問號，但是單燕平的邀約對傅華有著極大的誘惑，如果能夠再預售一部分大樓的話，他就可以有更多的資金去收購金牛證券的股份了，也就更有信心戰勝馮玉山，因此傅華決定先去看看再說。

傅華就笑笑說：「謝謝老同學，我一會兒就過去你那兒。」

掛了電話，傅華便對湯曼說：「小曼，我們先別回海川大廈，去興海集團吧，又有人想買豐源中心的大樓了。」

湯曼訝異地說：「那真是太好了，熙海投資又會有一筆進賬了。」

傅華得意地說：「看到沒，這就是熙海投資又一個比盛川集團佔優勢的地方，我們手裏握著兩個優質項目，隨著建案的銷售展開，我們的資金會越來越充裕的，根本就無需擔心鬥不過已經進入垂暮之年的盛川集團。」

湯曼聳聳肩說：「好吧，傅哥，我承認你這次算是對的。」

興海集團總部。

單燕平看到傅華帶著湯曼來了，笑著迎了過來，「老同學，你們先坐著等一會兒吧，那家公司的董事長剛打電話來，說是遇到堵車，最少還要半個小時才能過來。」

傅華和湯曼就去坐了下來，坐定後，傅華問：「老同學，你這次給我介紹的是哪家公司啊？經濟實力如何啊？」

單燕平笑笑說：「經濟實力當然很強啦，這家公司是剛組建的中庭傳媒集團，主要是從事多媒體傳播項目，他們需要購買辦公大樓作為公司的總部，李凱中就向他們推薦了你們的豐源中心。」

傅華恍然大悟：「原來是李凱中副主任介紹的啊？」

單燕平說：「當然是他了，我可沒他那麼大的影響力。李副主任還讓我向你表達他的歉意，他說他因為接觸的交際圈大多是國企這部分比較多，範圍很窄，所以不知道你跟楊副總理熟悉，有得罪之處還希望你能夠海涵。」

「李副主任真是太客氣了，我聽楊副總理說他已經向他道過歉了，就沒有必要再跟我說對不起啦。再是，那件事我也有做得不對的地方。」傅華笑笑說。

傅華總覺得這件事有什麼地方不對勁，李凱中絕不是什麼以德報怨的人，他很懷疑李凱中介紹中庭傳媒集團給他是個陰謀。他特別點出楊志欣，就是想告訴單燕平和李凱中，他是可以直接跟楊志欣說上話的人，如果李凱中想要搞什麼鬼的話，最好掂量掂量自己的分量。

單燕平聽了說：「李副主任這樣做也是表達他的誠意嘛。還有一件事，興海集團不是要拍一部關於律師的時裝大戲嗎，我還是準備邀請許彤彤作為女主角。而且我會幫你看著她，不讓別的男人碰她的。怎麼樣，老同學，我夠意思吧？」

傅華笑說：「老同學，你真的沒必要這麼做的，我跟你說過了，我跟許彤彤只是朋友，不牽涉其他的。再說了，許彤彤是天下娛樂公司的藝人，你如果真想請她做女主角的話，去跟天下娛樂洽談就好了。」

第七章

控制權爭奪戰

傳華沒想到馮玉清會這麼直接，
心情又黯然起來，事情都逼到這份上了，
馮葵卻寧願搬出她姑姑來，也不願意跟他見面，
那就算是他贏得了這場控制權的爭奪戰又能如何呢？
結果只會讓馮葵更恨他，而不會再回到他身邊的。

半個多小時後，中庭傳媒集團的董事長到了。

讓傅華意外的是，這家公司的董事長居然是個女人，而且還不到四十歲的樣子，在大型國企中能在不到四十歲就做到董事長的位置，這個女人應該很不簡單，要麼是這個女人本身很有能力，不然就是有著很硬的背景。

單燕平介紹說這個女董事長叫做彭雪恩。

彭雪恩看了看傅華，說：「傅董，中庭傳媒集團剛剛組建，目前是租房辦公，所以公司有意在核心地帶購買大樓作為辦公地點。李副主任向我推薦你們的豐源中心，我已經去看過那個地方了，那個位置我很滿意，所以想跟你瞭解一下這個項目的詳細情況。」

於是傅華讓湯曼大致說明了豐源中心的情況，彭雪恩聽完，點點頭說：「嗯，我看很適合，這樣吧，你們能不能給我一份詳細的資料，然後我回公司研究一下，再決定是否要買。」

傅華趕忙說：「這是應該的，回頭我會安排人送一份資料給貴公司。」

「那就這樣吧，其他事就等我們確定要買的時候再來詳談吧。」彭雪恩說完就風風火火的走了，整個會面的過程不過就半個小時的時間。

傅華看彭雪恩走了，便也帶著湯曼離開了興海集團總部。

在回去的路上，傅華便問湯曼：「小曼，你怎麼看彭雪恩這個人？」

湯曼評論說：「看來是挺乾脆的一個人，在跟我們會面的過程中，一句廢話都沒說；再是這個女人很善於打扮自己，那身衣服也是出自手工訂製的名牌時裝店。」

傅華笑說：「還是你們女人對服裝比較敏感，我看著只覺得特別合身而已。誒，以前你聽說過這個人嗎？」

湯曼搖搖頭說：「沒有。誒，傅哥，你問這個幹什麼，難道你覺得她有問題嗎？」

傅華說：「我也不清楚，我只是感覺李凱中應該沒這麼好心。」

湯曼不以為意地說：「你管他有沒有這麼好心，反正跟中庭傳媒集團合作的主動權是掌握在我們的手裏，如果感覺有問題的話，那我們就放棄好了。」

傅華說：「如果真的有問題，對方是不會讓我們輕易就感覺到的。」

湯曼勸解說：「傅哥，別這麼猶豫了，你如果不放心，那索性直接放棄好了。」

傅華猶豫不決地說：「可是放棄的話，我們可能就沒機會再染指金牛證券了。」

湯曼不禁說：「傅哥，你現在似乎變貪心了啊，明知道這件事有風險，卻因為捨不得豐厚的利益不肯放棄。」

傅華笑了起來，說：「你不是也曾經說過貪婪是好的嘛。好了小曼，跟中庭傳媒的合作還是繼續談下去吧，不過在談判過程中，我們要打起十二分的精神來，小心不要中了李凱中的圈套。」

但出乎傅華意料之外的是，跟中庭傳媒的談判竟然特別的順利，彭雪恩並沒有提出什麼特別苛刻的條件，中庭傳媒集團簽訂的合作協議，基本上是照搬了平鴻保險公司的那份合同，只不過中庭傳媒集團購買的大樓面積是八萬平米。

唯一讓傅華感覺有點問題的是中庭傳媒提出一個要求，熙海投資必須嚴格按照合同約定的期限交付大樓，否則必須承擔總金額百分之二十的違約金。彭雪恩對此的解釋是，這是她出任集團董事長後所簽的第一筆金額龐大的合同，她必須要確保合同能夠得到徹底的履行，否則會嚴重損害她作為董事長的威信。

傅華覺得彭雪恩的解釋倒也合情合理，違約本就應該承擔違約責任，因此雖然違約金定得有點高，但他還是同意了這個條件。

跟中庭傳媒集團正式簽訂合同後，傅華就把湯曼叫到他的辦公室來，交代說：「小曼，你準備一份收購華天鋼鐵擁有的金牛證券股份的協議，我現在就要發動對金牛證券股份的爭奪戰。」

湯曼愣一下，說：「傅哥，華天鋼鐵還沒有放出消息說他們要賣股份呢。」

傅華說：「這我知道，我們不能就這麼乾等著他們做出決定，那些官員們還不知道會拖到什麼時候才決定呢，我們先告訴他我們要買，好推動他們儘快的做出決定。」

既然跟中庭傳媒簽了約，熙海投資馬上就會有一大筆資金進來，此時提出要收購華天鋼鐵的股份，肯定會打得馮玉山一個措手不及。

湯曼問：「傅哥，那你覺得給華天鋼鐵開多少價碼比較合適？」

中庭傳媒購買豐源中心八萬平米的面積，單價每平米四萬，合同簽訂後三天預付一半的款項，所以三天後，中庭傳媒會付給熙海投資十六億。傅華覺得可以把這十六億作為收購股份的開價。便說：「不用太多，現在證券市場不景氣，就給他們開價十六億好了，反正目前只是一個收購的意向，要給後面預留一點討價還價的空間。」

湯曼聽了說：「傅哥，這個價碼似乎有點低啊，說不定盛川集團馬上就會開出比我們更高的價碼的。」

傅華搖搖頭說：「不會的，他們應該沒這麼快做出反應，盛川集團是一家老牌的上市公司，他們要收購金牛證券必須走很多的程序，而且股東之間也不會這麼快就意見一致。如果我猜得不錯的話，馮玉山肯定會因為我們提出要收購而手忙腳亂一陣的。」

湯曼點點頭說：「那行，我就先按照你說的去準備了。」

湯曼離開後，傅華就去胡瑜非那裏，把想收購金牛證券股份的事跟胡瑜非說，一來是他知道十六億的價碼恐怕是打不住的，因此他必須要有一定的預備金好來加價，他想讓胡瑜非提供一筆資金幫他做短期周轉金；二是想讓胡瑜非跟楊志欣說一下這件事，請楊志欣幫忙跟華天鋼鐵打聲招呼。那樣華天鋼鐵就不會在收購戰中過於偏向於馮玉山的盛川集團了。

胡瑜非聽傅華說要跟盛川集團爭奪金牛證券的控制權，不由得呆了一下，驚訝地說：「傅華，你要跟馮玉山爭奪金牛證券？」

傅華說：「胡叔，怎麼，不行嗎？不會是您也怕馮家吧？」

胡瑜非笑了一下，說：「怕倒不至於，不過沒必要的話，還是不去惹他比較好。你也是的，跟誰爭不好，怎麼非要去跟他爭啊？」

傅華說：「其實起初我也沒想過要跟他爭的，當時只是熙海投資正好有一筆閒錢，就在朋友的推薦下買了金牛證券百分之八的股份。沒想到這讓馮玉山感到了威脅，找上門來要買走這百分之八的股份。」

胡瑜非聽了說：「他要買你就加點價賣給他算了，有必要鬧到要跟他爭奪控制權這個地步嗎？」

傅華說：「我當時確實是有意要賣給他的，但明明是他有求於我，卻擺出一副施捨者的面孔來，我就有點受不了了，讓他加價三億，結果雙方就鬧僵了。」

「三億？」胡瑜非搖搖頭說：「你這個傢伙真夠狠的，才幾天功夫你就加價三億，搶銀行都沒這麼快。」

傅華不好意思地說：「我那時也是被他給氣的。」

胡瑜非正色說：「傅華，你要資金做短期周轉，我這邊沒有問題；不過，你想讓志欣幫你打招呼，恐怕這個是做不到的。馮老雖然不在了，但馮家在國內還是有很大的影響力，志欣如果出面幫你打這個招呼，恐怕馮家會對他有所報復的。」

傅華有些失望地說：「可是楊叔不出面的話，這場收購戰恐怕還沒開打我就已經輸了。」

胡瑜非說：「那倒不一定，馮老去世後，馮家已經沒有那麼可怕了，他們的問題不在外面，而在內部，就像你說的，那百分之八的股份，盛川集團本來是不該錯過的，之所以會被你買了去，原因就在於內部管理上出了問題。這次你發動突襲，是一種以快打慢的做法，如果盛川集團無法及時做出反應，說不定你會突襲成功呢。」

傅華笑笑說：「真是英雄所見略同啊，我想發動突襲，正是覺得盛川集團內部管理存在著一定的問題，不過楊叔如果不能幫我出面的話，我的勝算就少了很多了。」

從胡瑜非那裏出來，傅華轉去豪天集團。

羅茜男看到傅華，便問道：「傅華，最近齊隆寶有沒有什麼動靜啊？」

傅華搖搖頭說：「這傢伙最近都沒露頭，怎麼了，你還想他有什麼動靜嗎？」

羅茜男笑笑說：「我只是跟他鬥了那麼久，突然平靜下來，有些不太習慣。」

傅華說：「他剛被處理不久，就算想鬧點什麼動靜出來，暫時也是不會了。誒，你那位男朋友現在怎麼樣了啊？」

羅茜男說：「他現在很少來公司，據說在外面幫他父親跑上訴的事，他說他父親被判二十年徒刑實在有點太重了，他要上訴幫他父親減刑。雎才燾的這個心情我倒是能理解，他自然希望他父親的罪責越輕越好。誒，傅華，你跑來幹嘛啊？」

傅華就把中庭傳媒集團預購了八萬平米的辦公大樓以及他想用這筆資金買下金牛證券的事跟羅茜男講，問羅茜男對這件事的看法。

羅茜男笑笑說：「反正現在豪天集團也沒有什麼大的發展計畫，你要收購金牛證券就去收購吧，我相信你的眼光。」

海川市政府，市長姚巍山辦公室。

姚巍山看著林蘇行說：「老林啊，經過我多方協調，總算是幫你聯繫到肯接受你的單位了。」

林蘇行問：「什麼單位，什麼職務啊？」

姚巍山說：「省信訪局，至於職務嗎，正處級調研員。」

林蘇行發牢騷說：「信訪局？那可是個一清二白的單位啊，連個正式的職務都沒有，這也太差了吧？」

姚巍山安撫說：「老林啊，倉促之間你讓我上哪兒去找好單位和好位置啊？我這還是費了九牛二虎之力才幫你聯繫上的。我也知道這個安排並不好，我的意思是你暫且過去，保住你的級別和公務員身分，以後慢慢再來做調整吧。」

林蘇行大嘆說：「我這次真是倒楣，明明沒做的事，卻害得我不得不去信訪局坐冷板凳。唉，真是冤枉啊。」

姚巍山安撫說：「好了，老林，別再說了，誰讓你趕得這麼巧呢？你還是回去等調令下來吧，這段時間也不要再來市政府露面了，省得讓曲志霞那個女人看你的笑話。」

林蘇行苦笑說：「我都被趕出海川了，哪還有臉再來啊？我不甘心的是，到現在我還不知道究竟是哪個混蛋在背後整我的。」

姚巍山勸慰說：「老林啊，你就別再糾纏這個問題了，就算是知道了又能如何呢？算啦，我勸你把心結放下，去新單位好好工作去吧。」

林蘇行說：「姚市長，我倒是能放下，只是我擔心這個人不找出來的話，日後會危及到您。您心裏應該清楚，這次雖然被趕走的是我，但他的目標可是衝著您來的。」

姚巍山聽了，說：「我當然清楚啦，不過，我把市政府的人挨個想了一遍，還是想不出來究竟是誰發這個帖子的，這傢伙真是太高明了，一點破綻都沒有。」

「是啊，我這幾天腦袋都快想破了，還是沒想出來究竟是誰。對了，姚市長，除了這個人之外，還有一個人您也要加上幾分小心。」林蘇行提醒說。

姚巍山說：「誰啊？」

林蘇行挑撥地說：「就是那個傅華，您看，曲志霞在北京的那些事，如果沒有傅華，根本就無法掩飾的；再是，如果不是傅華給她通風報信，曲志霞又怎麼會知道我去調查過她呢。對這個人您必須要想辦法整治一下，不然他會成為您的心腹大患的。」

姚巍山恨恨地說：「這我也知道，但是我找不到除掉他的辦法，他背後勢力很大，如果不能確保打到讓他無法翻身的話，我是不敢輕易動他的。」

林蘇行深感無奈，就站了起來，告辭說：「姚市長，那我回去等調令下來吧。」

姚巍山也沒留林蘇行，林蘇行就從姚巍山的辦公室裏出來，迎面正碰到秘書長黃小強。

黃小強看到林蘇行，招呼說：「是林副秘書長啊，聽說你高升到省裏去任職了？」

林蘇行白了黃小強一眼，沒有理會他，轉身就離開了。

黃小強看著林蘇行的背影，心裏暗自冷笑一聲，回到自己的辦公室，這時手機響了起來，看到號碼是他兒子黃軍軍的，臉上的笑容馬上就特別的甜蜜起來，兒子是他的驕傲，去年以優異的成績考進北京理工大學，攻讀電腦專業。

黃小強接通電話，慈愛地說：「軍軍，怎麼主動給爸爸打電話了？」

黃軍軍說：「誒，老爸，你不會忘記答應我什麼了吧？」

黃小強說：「我怎麼會忘記呢，愛瘋是吧，我馬上就讓你媽給你匯五千塊，你自己去買就好啦。」

黃軍軍高興地說：「這還差不多，掛啦，老爸。」

「誒，你先別急著掛啊，」黃小強追問道：「我還有話要問你呢，你確定我讓你在網上發的那個東西，別人無法追查到你嗎？」

黃軍軍老神在在地說：「老爸，你這個人啊，膽子就是太小了，我不是跟你說過了，如果能夠隨便就讓人查到的話，我這個電腦高材生豈不是白混了？所以你就把你的心放肚子裏去吧，掛啦。」

黃軍軍就掛了電話，這邊黃小強臉上的笑容依舊很是甜蜜，不過已經有了幾分詭譎的意味了。

海川市駐京辦。

傍晚臨近下班的時候，傅華看到胡東強推門走進了他的辦公室，意外地說：「咦，東強，什麼時間回北京的？」

胡東強因為負責天策集團華東灌裝廠的建設，所以大多數時間都待在海川。

胡東強說：「昨晚回來的，誒，晚上有安排了嗎？」

傅華笑笑說：「還沒呢，正好，我請你吃飯，給你接風。」

胡東強豪爽地說：「還是我請你吧，我已經在地壇的『乙十六號』訂好位子了。」

「乙十六號」是北京一家頂級的商務會所，傅華說：「去這麼高檔的地方啊，那還是你請吧。」

胡東強笑說：「傅哥，你現在怎麼說也算是億萬富翁了，應該學著大方一點了。」

傅華自嘲說：「我這個億萬富翁只是個空心大佬倌，手中沒錢不說，還欠了一屁股債呢，就算是想大方也大方不起來啊。」

胡東強笑說：「好了好了，別跟我哭窮了，現在能欠一屁股債的，可都是有本事的人。」

兩人就一起去了乙十六號會所。地壇為明清兩朝皇帝祭地之所，如今西北門的一塊地被圈為別用，就成了現在的乙十六號商務會所了。

抬手推開金邊朱彩的殿門，隨即映入眼簾的是炫彩奪目的琉璃影壁，不遠處，一座現代的落地玻璃營造的通透陽光房就呈現在面前，在古意盎然的皇家園林中顯得特別地跳脫。步上二樓，半開放式的房間，無論佈局還是用色都極盡粉飾，端的是富貴氣象。

坐下來後，傅華不禁讚嘆道：「東強啊，還是你會享受，吃頓飯都選這麼奢華的地方。」

胡東強說：「我好不容易才回一趟北京，享受點也是應該的。欸，傅哥，我聽說你要跟葵姐的老爸爭奪金牛證券的控制權啊？」

傅華說：「是啊，熙海投資最近有些進賬，正好踫到金牛證券的大股東有意出售股份，我就想接過來。這件事是胡叔跟你說的？」

胡東強搖搖頭說：「我爸才不會跟我說這些事呢，是葵姐告訴我的。」

「葵姐跟你說的？」傅華緊張了起來，「她還跟你說了些什麼啊？」

胡東強說：「她知道我要跟你一起吃飯，就讓我帶話給你，說她跟你認識的這段時間，好像沒做過什麼得罪你的事，不知道是什麼原因讓你這麼對付她的老爸？」

傅華心情有些失落，沒想到馮葵會對他這麼決絕，居然還要透過胡東強這個中間人傳話給他，難道她忘記他們曾經是那麼的親密，那麼的如膠似漆嗎？既然你把我當成普通朋友，我也不必還給你留什麼情面了。

傅華笑笑說：「可能她誤會了，我這麼做只是單純的商業行為，並沒有要去特別針對誰的意思。」

胡東強卻質疑說：「不是吧，傅哥，我怎麼聽葵姐說，她老爸去找你，要買下你手中的股份，你居然開出一個無法接受的天價給他，這還能說不是針對她老爸嗎？」

傅華反駁說：「東強，你現在也算是個商人，我給我擁有的商品開出一個我認為值得的價格，有錯嗎？我又沒有非逼著她老爸買不可，這能算是針對嗎？」

胡東強聽了說：「雖然不能說是針對，但是這個價格是有點過分了，才幾天時間你就想賺三億，這比明搶還狠啊。你一點面子都不給葵姐，這就不應該了吧。」

傅華解釋說：「這話胡叔也這麼跟我說過，其實這是因為她老爸對我說話的態度很傲慢，讓我很受不了，加上我當時並不想把股份賣給盛川集團，所以就開出天價來變相拒絕他。」

胡東強接著說：「那你跟他老爸爭奪金牛證券的控制權，又是怎麼一回事啊？」

傅華搖搖頭說：「這葵姐就有點強詞奪理了，在我給華天鋼鐵發出要收購他們手中金牛證券股份的要約之前，盛川集團可沒有明確的說要收購這些股份的意思啊，難道這也算是我要去針對她老爸嗎？誒，東強，據我所知，到目前為止，盛川集團也還沒有給華天鋼鐵發出想收購金牛證券股份的要約吧？」

胡東強說：「是啊，葵姐說，雖然她老爸極力主張買下金牛證券股份，但是盛川集團內部對此有很大的反對聲音，意見始終無法統一，所以還無法向華天鋼鐵發出收購要約。」

果然情形如他預計的那樣，傅華心中暗自好笑，衝著胡東強攤了攤手，說：「所以這是我們熙海投資一方在跟華天鋼鐵接洽股份的收購事宜，根本就談不上什麼控制權的爭奪吧？」

胡東強持平地說：「話是這麼說，但是葵姐說她老爸為了金牛證券的控制權，其實已經籌劃多時了，卻沒想到你會突然橫插一槓，發起收購要約，打亂了他原來所有的部署，所以葵姐的意思是，你能不能看在跟她曾經是朋友一場的份上，收回收購要約？」

說實在的，如果馮葵當面求他，傅華也許就會答應下來，因為那樣就是馮家的人向他低頭了，就算他忙了半天沒有得到什麼經濟方面的利益，但會在心理上獲得極大的滿足，但是現在的情形是，馮葵並沒有直接求他放棄，只是托胡東強帶話給他，這更像是一個命令，而不是一個請求，這讓傅華有些惱火。

傅華冷笑一聲，說：「馮家的人還真是一個德行啊，明明是求人給他面子，卻還這麼傲慢。這樣吧，東強，你跟葵姐說，我可以放棄收購，但前提是要馮葵當面跟我提出這個請求。」

胡東強面有難色地說：「傅哥，沒有必要這個樣子吧？你就給我個面子，別這麼為難葵姐了好嗎？」

傅華不為所動地說：「東強，我已經給你面子了，你要知道，要準備一個要約收購，熙海投資事先要做很多前期工作，一旦放棄，這些前期工作就付諸流水了，難道這些還不值得葵姐親自出一次面嗎？」

胡東強無奈地說：「好吧，傅哥，我會把你的意思轉告給葵姐的。不過以葵姐的個性，恐怕是不會當面向你低頭的。」

傅華笑笑說：「那就看她究竟是覺得老爸重要，還是面子重要了?!」

胡東強不禁看了傅華一眼，說：「傅哥，我怎麼覺得你現在跟變了一個人似的，記得當初在白七爺那裏，我即使把你逼到那份上，你還是先照顧到了我的面子，可是今天的你卻顯得那麼咄咄逼人，在一些毫無必要的事情上寸步不讓。」

傅華有一言難盡的感覺，滄桑地說道：「東強，人都是會變的。」

胡東強開玩笑說：「這是不是因為你身邊沒有了女人的緣故啊？我媽還問過我呢，說她幾次想給你介紹女朋友，你都找藉口婉拒，問我你是不是準備這麼一直單身下去？」

傅華忙辯解說：「我已經跟她解釋過啦，我都經歷過兩次婚姻了，對婚姻真是有點怕了。我想給自己一段調適的時間，所以目前不考慮這件事。」

胡東強取笑說：「你可別調適的時間太長了，一個男人是不能太久沒有女人的，否則很容易會心理變態的。」

關於馮葵和馮玉山的話題就這樣子被放下了，傅華和胡東強兩人邊喝酒邊聊著一些瑣事，這場聚會也算是盡歡而散了。

第二天上午，傅華正在辦公室處理事務，門被敲響了，傅華喊了聲進來，就看到馮玉清推開門走了進來。

傅華愣了一下，他讓胡東強帶話給馮葵，是想逼著馮葵跟他見面，沒想到反把馮玉清給逼了來，趕忙站起來招呼說：「馮書記，您怎麼來了？」

馮玉清說：「小葵說你非逼著她當面求你，她一個女孩子家臉皮薄，低不下頭來，所以我這個臉皮厚的就替她來了。」

傅華故意說：「馮書記，您不會是想用省委書記的權力逼我同意收回收購金牛證券股份的要約吧？」

馮玉清笑笑說：「如果我說是呢？」

傅華沒想到馮玉清會這麼直接，心想：就算是，我也不會屈服的。然而他隨即心情又黯然起來，何必呢，事情都逼到這份上了，馮葵卻寧願搬出她姑姑來，也不願意跟他見面，那就算是他贏得了這場控制權的爭奪戰又能如何呢？結果只會讓馮葵更恨他，而不會再回到他身邊的。

傅華苦笑了一下，說：「好吧，馮書記，既然您想我這麼做，我放棄就是了。」

這下換馮玉清愣住了，忍不住說：「不會吧，傅華，你的抗壓性這麼差嗎？其實我剛才是跟你開玩笑的。我本來是想以馮家人的身分來求你，希望你能放棄跟小葵爸爸的爭奪戰。」

傅華不信地說：「馮書記，您就別來逗我了，你們馮家人怎麼會向我低頭呢？」

馮玉清笑了笑說：「你這話可是有著很大的怨氣啊，看來小葵說你對馮家有很大的不滿是真的了。」

傅華諷刺說：「馮家是高高在上的，我哪敢有什麼不滿啊？」

馮玉清說：「你別這麼酸溜溜地說話行不行啊，其實我跟你一樣，也不覺得馮家就特別的了不起，了不起的是我的父親，除了他老人家之外，馮家其他的人都是跟他沾光而已，所以當初我發現你跟小葵的關係並沒有反對你們的交往。」

傅華無奈地說：「但是小葵卻不是這麼想的，她覺得馮家是神聖不可侵犯的。」

馮玉清聽了說：「那是她太崇拜我父親了，你不要怪她。」

傅華沒好氣地說：「我哪敢怪她啊，我只是沒想到她會因為我說了幾句對她父親不滿的話，就要跟我分手。」

馮玉清嘆說：「你們分手，我也覺得挺惋惜的，不過傅華，事情已經既然發生了，你就要學著往前看，而不要繼續糾纏著過去不放。」

傅華點點頭說：「我明白的，馮書記。」

馮玉清說：「那好，我現在不以省委書記的身分再問你一次，你願意放棄那份收購要約嗎？」

傅華苦著臉說：「這有區別嗎？」

馮玉清說：「當然有區別了，我不想你放棄地心不甘情不願的。」

傅華說：「其實看到您出現在我面前的那一刻，我已經決定放棄了，這倒不是因為您是省委書記，而是因為小葵寧願讓您出面也不想來見我，這讓我覺得就算是我贏了，也沒什麼意義了。」

馮玉清開導說：「傅華，你要學著忘記，世界上好女孩子有的是，你會找到新的幸福的。」

傅華搖搖頭說：「行了，馮書記，您別說了，這我心裏都明白的。誒，您什麼時候回北京的？」

馮玉清說：「回來已經有兩天了，我是來參加一個會議的，沒想到會碰到你和小葵這件事。說起來你很不錯啊，這麼短的時間就能夠輕鬆地去收購幾十億市值的公司了。」

傅華說：「其實我只是撿了個便宜而已，況且即使如此，也入不了馮家的法眼吧？」

馮玉清解釋說：「你的問題不在這裏，而是你的經歷太過於複雜，如果被小葵的爸爸知道她和一個離過兩次婚的男人交往，就算是這個男人再有本事，他也接受不了的。」

傅華嘆了口氣說：「我知道，反正不管怎麼說，我都沒戲就是了。好啦，馮書記，您放心回去就是了，我會讓公司的人給華天鋼鐵發函收回收購金牛證券股份的要約的。」

馮玉清點點頭說：「好，我先謝謝你了，傅華。」

第八章

順勢而為

馮玉清笑罵說：
「行了，別在我面前耍小聰明了，我可沒那麼好騙的。」
傅華笑笑說：「馮書記，其實我是順勢而為罷了，
如果盛川集團在我撤回的這段時間買下股份的話，
我也就沒什麼以退為進的機會了。」

馮玉清離開了傅華的辦公室，傅華就吩咐湯曼，讓湯曼撤回收購金牛證券股份的要約。

湯曼詫異地問道：「傅哥，為什麼啊？你剛剛還自信滿滿，說要拿下金牛證券的控制權的，怎麼突然就改變主意了呢？」

傅華無奈地說：「小曼，我是有迫不得已的理由，你就別問這麼多了，照做就是了。」

湯曼卻執意說：「不行，那份收購要約可是我費了半天勁做出來的，而且據我所知，華天鋼鐵內部有一部分領導傾向把股份賣給我們，眼見事情成功在即，不能你說放棄就放棄，你必須給我一個很好的理由說服我才行。」

傅華見湯曼居然拒絕執行他的指令，有些不高興的說：「小曼，我已經說了，我是迫不得已的。」

湯曼駁斥說：「藉口，我懷疑是馮葵出面找你了，你才會這麼前後矛盾的。」

傅華說：「你怎麼老愛把事情往馮葵身上扯呢？東海省的省委書記馮玉清來找我了，是她讓我放棄的，這個理由夠充分了吧？」

湯曼忿忿不平地說：「馮家也太過分了吧，想要金牛證券的控制權，大家公平競爭嘛，讓省委書記出面向你施壓，算是怎麼一回事啊？他們就不怕別人說馮家仗勢欺人嗎？不行傅哥，我們絕不能怕他們，我們就不收回，看看馮玉清能把你怎麼樣？」

傅華為難地說：「好了，小曼，你別讓我難做。」

湯曼賭氣說：「難做什麼，大家要拼誰的權勢更大一些是吧，你可以找楊志欣啊，我也可以找我爸，我就不信拼不過他們馮家。」

傅華勸說：「小曼，事情不能那麼簡單的去考慮，我不是怕拼不過馮玉清這個省委書記，但是開罪她之後，在東海省我就會被孤立起來了，而且官場上我的一些朋友也可能會被我牽連的，這個代價可就有點大了。反正我們現在投入的還不大，還是趕緊收手吧。」

湯曼惋惜地說：「可是傅哥，我們這次是有很大機會能夠把金牛證券的控制權給拿下來的。」

傅華笑笑說：「好了，小曼，做什麼事是要審時度勢、權衡利弊的，千萬不能強求，強求的話，最後的結果說不定只會適得其反。」

湯曼沒好氣地說：「你總是有你的一套道理，好吧，我就按照你說的，收回要約就是了。只是收回要約後，我們這筆錢究竟要做什麼？」

傅華想了一下，說：「這筆錢只能做短期運用，不能用作長期投資，目前適合這麼做的項目還真不多，算了，這筆錢先放在賬上再說吧。還有啊，小曼，你要幫我繼續盯著華天鋼鐵的動靜。」

湯曼納悶地說：「傅哥，這我就不明白了，既然我們都不跟馮玉山爭什麼控制權了，還要繼續盯著華天鋼鐵幹什麼啊？」

傅華笑笑說：「我們不爭，不代表馮玉山就一定會拿下華天鋼鐵的股份啊。」

「怎麼可能？」湯曼不解地說：「馮玉山下了這麼大的力氣逼退我們，又怎麼會不買呢？除非是他傻了。」

傅華說：「馮玉山肯定是不傻的，但是他想買下股份也不是那麼容易的事，特別是在我們主動退出之後。」

湯曼困惑地說：「傅哥，我不明白你的意思，我們退出，馮玉山買起來不是會更容易些嗎？」

傅華分析說：「你想得太簡單了。我們退出可以做很多的解讀，可以說我們是迫於馮家的壓力，也可以說是因為我們覺得這筆交易不划算，金牛證券不值得買；現在證券市場市道這麼差的前提下，市場上應該傾向為我們的退出是因為覺得這筆交易不划算的緣故。」

湯曼仍然疑惑地說：「這與馮玉山又有什麼關係啊？」

傅華笑笑說：「當然有關係啦，盛川集團內部本來就有不少人抱持反對意見，我們如果退出的話，就給了這些反對派反對的理由了。他們一定會跟馮玉山說：『你看，人家都不要了，你還買來幹什麼啊？』」

湯曼沉吟了一下，不禁笑了起來，說：「傅哥，你這話很有道理。你也真夠壞的了，明著看你是給馮玉清面子，實際上你卻算計著這樣會讓馮玉山更買不成。」

傅華理直氣壯地說：「話不能這麼說吧，也許盛川集團的人很有眼光，會趁我們退出的機會趕緊把股份給買過去呢。」

湯曼笑說：「他們如果真有這個眼光的話，早就會支持馮玉山來跟我們爭股權了，也不至於逼馮玉山把馮玉清給搬出來向你施壓啦。」

傅華點點頭說：「這倒是。不過我們對此也不能不做一些防範工作。這樣，小曼，你在給華天鋼鐵收回要約的信函中，要特別強調，我們熙海投資是在綜合考慮了現在的市場狀況的前提下，認為目前並不是一個收購的合適時機，所以才會收回收購要約的。」

湯曼說：「好的傅哥，我會特別強調這一點的。」

傅華又交代說：「再是讓你哥的朋友幫幫我們的忙，讓他們多發表一些看衰金牛證券的意見，也可以安排一些財經記者來訪問一下我或者你，談談為什麼會放棄收購要約。」

湯曼聽了說：「你製造這樣的輿論出來，估計馮玉山就更難讓盛川集團同意購買金牛證券的股份了。」

傅華得意地說：「豈止是這樣，如果股市再能夠配合我們適時地下跌的話，恐怕華天鋼鐵也會後悔沒有及時接受我們的收購要約的，甚至我們很可能不用十六億就能夠將股份收入囊中。好了，你趕緊去發函給華天鋼鐵集團吧。」

湯曼就趕快將收回要約的信函發給華天鋼鐵，熙海投資算是暫時退出了對金牛證券控制權的爭奪戰。

接下來的幾天，在一些報紙電視上，陸續出現了股市專家對熙海投資收回要約的評述，傅華和湯曼也分別接受了財經報紙的專訪，談及熙海投資為什麼會收回收購要約。這些報導都有一個重點，就是證券市場還沒有真正見底，還有下跌空間，這時候收購金牛證券是不明智的。

海川市市政府，姚巍山市長辦公室。副市長郭家國正在跟姚巍山彙報工作。聽著聽著，姚巍山就有些厭煩起來，覺得郭家國的彙報太過囉嗦，不得要領。

好不容易郭家國終於報告完了，姚巍山說：「老郭，工作方面的事，你做得很不錯；不過別的方面，你做得就很不夠了。」

郭家國人很老實，立即說：「姚市長，我什麼地方做得不夠好，您指出來，我一定改正。」

姚巍山批評說：「老郭啊，你現在已經是副市長了，在一些關鍵時刻，你要敢於表達自己的意見，特別是我需要支持的時候，你就應該站出來，結果呢，你卻坐在那裏一聲不響，我真不知道你心裏究竟是怎麼想的。」

郭家國不好意思地說：「姚市長，我是看反對的意見那麼多，就算站出來支持您也於事無補……」

姚巍山有些惱火，冷冷地看了一眼郭家國，嗓門提高了八度說：「究竟是不是於事無補，是由我來判斷，你要做的，就是在我需要聲援的時候站出來，要不然我提你做副市長幹什麼啊？本來這種情況下，你應該衝在我前面才對的，結果倒好，我在前面竭力爭取，你先打退堂鼓了。」

郭家國被姚巍山訓得低下了頭，一聲都不敢吭。

姚巍山看郭家國這副畏縮的樣子，心裏越發的反感，就說：「老郭，你不會還存著兩邊都討好的心吧？」

郭家國急急否認說：「姚市長，我可從來沒這麼想過的，我對您是一條心的。」

姚巍山教訓說：「你沒這麼想是最好了，我可不希望我提拔起來的人對我三心二意的，所以你聽好了，以後該站出來時就給我站出來，腰板給我硬起來，有我這個市長支持你，你怕什麼！」

郭家國趕忙點頭說：「好的姚市長，以後我會聽你的指示，該站出來就站出來的。」

姚巍山滿意地說：「這才對嘛。我還有一件事要問你，現在駐京辦人手有些忙不過來，我想增派一個自己人過去擔任副主任，你那邊有沒有什麼人適合這個位置的？」

因為林蘇行臨走時的提醒，姚巍山經過一番考慮，就有往駐京辦裏面摻沙子的念頭了，一方面可以起到制約傅華的作用，另一方面，多一個耳目，方便他及時瞭解北京的動向。

但是要派誰去，就讓姚巍山犯難了，唯一一個可用的人林蘇行被曲志霞和孫守義聯手給趕出了海川市，這時候他就想到了郭家國身上。郭家國在海川市總是工作了很多年，應該有幾個狐朋狗友的吧？

郭家國看了看姚巍山，說：「姚市長，不知道您是想要找什麼樣的人啊？」

姚巍山不客氣地說：「要精明一點，活動能力強，特別是不能像你這樣老實的。」

郭家國被說得臉紅了，稍微想了一下，說：「我倒是有一個人選，是我一個親戚的兒子，市旅遊局的一個處長，他是上任局長提拔起來的，跟現任的局長就有些不太對盤，這兩年在局裏一直被打壓，所以前幾天找到我，想讓我幫他換換地方。」

姚巍山知道現在在海川春風得意的人是不會投靠他的，就是這種在單位不得志的人才有可能被他所用，就覺得這個人值得考慮，便問道：「他叫什麼名字啊？家庭狀況如何？」

郭家國回說：「叫雷振聲，妻子是中學老師，有一個女兒。」

姚巍山說：「那他願意過這種兩地分居的生活嗎？」

郭家國說：「這我就不知道了，我回頭問一問他好了。」

姚巍山點點頭說：「你問問他，如果他願意的話，就帶他過來讓我見一下，我看看他是否適合我的需要。」

郭家國回去問了雷振聲，雷振聲一聽姚巍山想要找個人去北京工作，立即答應了下來。至於夫妻兩地分居，他覺得並不是個特別大的問題。

郭家國就帶雷振聲去見姚巍山，姚巍山跟雷振聲聊過之後，發現雷振聲果然很精明，又對他大表忠心，就決定了讓雷振聲去海川駐京辦做副主任。

經過一番考慮之後，姚巍山就去找孫守義，說：「孫書記啊，有件事我想跟您商量一下。」

孫守義說：「什麼事啊，老姚？」

姚巍山說：「是關於駐京辦的。最近駐京辦出現了一些不正常的情況，招商引資的工作一直處於停滯狀態，沒有什麼起色，該做的工作也都沒做好，明顯出現疏漏。」

聽到姚巍山挑駐京辦的毛病，孫守義有些警覺起來，心說這個姚巍山真是不安分，林蘇行剛剛才被趕出海川，這傢伙不記取教訓，又開始挑起傅華的毛病了。

孫守義是跟傅華之間有默契的，答應過傅華要保證駐京辦的穩定，因此就說：「老姚啊，你這話說的有些誇張了吧？這些年駐京辦做出的成績有目共睹，而且傅華同志的工作也沒出現什麼明顯的疏漏啊？」

孫守義這麼維護傅華，姚巍山一點都不意外，他知道傅華跟孫守義現在關係相當好，也就是因為有著孫守義的維護，傅華才會那麼囂張的處處跟他作對。不過姚巍山是有備而來的，自然不會被孫守義這幾句話就打發了，繼續說：「孫書記，傅華同志的工作怎麼沒有疏漏啊，您可能忘了吧，市政府不是剛剛才給駐京辦一個通報批評嗎？」

孫守義心中暗罵姚巍山無恥，居然拿駐京辦受到通報批評這件事出來說事。孫守義便說：「這件事我沒忘，可那是因為林蘇行不夠自覺才牽連到駐京辦的啊。」

姚巍山辯稱：「林蘇行是不夠自覺，但是駐京辦如果嚴格按照規定執行，也就不會出現這種狀況了。之所以會出現這種狀況，主要是因為傅華同志現在把精力都放在熙海投資的經營上了，正所謂一心不能二用，自然他就沒有精力把駐京辦的工作給管理好了。」

孫守義看了一眼姚巍山，心說這傢伙想要幹什麼啊，不會是想要換掉傅華這個駐京辦主任吧？

「老姚，你跟我說這些究竟是什麼意思啊？」

姚巍山說：「我的意思是，駐京辦的工作對我們海川市也很重要，市政府絕對不能允許那邊出現什麼問題，為了防患於未然，如果傅華同志真的無法兼顧的話，那是不是讓他把駐京辦這一塊交出來，讓別的同志去管理，他專心去搞好熙海投資那部分就好了。」

孫守義愣了一下，姚巍山居然會直接提出拿掉傅華駐京辦職務的要求，便說：「老姚，駐京辦主任這個職務是組織任命傅華同志擔任的，可不是你一句話就能拿掉的；再說了，僅僅因為工作上的一點小疏漏，就全面否定傅華同志在駐京辦的工作，也是以偏概全的，這我不能認同。」

姚巍山不放棄地說：「可是孫書記，您不能否認駐京辦的工作確實是出現了一些問題吧？據駐京辦副主任林東同志反映，傅華同志現在大部分的工作時間都用在熙海投資上面，駐京辦的工作都扔給他和副主任羅雨來處理，搞得他們二人不勝負荷，這樣下去，駐京辦遲早要出問題的。」

孫守義駁斥說：「你不能聽林東的一面之詞，對林東同志我很有看法，他辦事沒什麼能力，卻老愛打小報告，這種人的話是不能信的。」

姚巍山聽了說：「可是林東同志總不會無中生有吧？一定是傅華同志出現了無法兼顧的狀況，林東同志才會有這些不滿的。」

孫守義為傅華說話，說：「熙海投資也有我們駐京辦的投資，現在又處於起步階段，傅華同志多分一些精力在那邊也很正常，等過了這個階段肯定就會好的，這個並不能構成拿掉傅華同志駐京辦主任職務的理由。」

「可是駐京辦的工作也不能出問題的，」姚巍山以退為進地說：「要不這樣吧，傅華同志的駐京辦主任職務就不動好了，不過市委最好能夠強化一下駐京辦的班子力量，所以我建議增配一名副主任，好減輕傅華同志的工作壓力。」

孫守義遲疑了一下，他剛剛逼走了林蘇行，姚巍山已經對他有很大的不滿，如果此時再拒絕姚巍山，一定會讓兩人間的矛盾嚴重起來。孫守義就覺得不妨在小地方上做些讓步，以緩和他和姚巍山的關係。

孫守義就說：「老姚，你這個想法還不錯，增加一名副主任是個比較可行的辦法，誒，你心中可有什麼合適的人選了嗎？」

姚巍山說：「人選是有一個，叫雷振聲，在市旅遊局當處長，工作能力很強，我覺得派他去的話，一定會對傅華同志有很大的幫助的。」

孫守義並沒有立即答應，而是說：「聽起來好像不錯。不過老姚，這件事畢竟牽涉到駐京辦，最好是事先跟傅華同志通個氣比較好，你等我問問他的意見吧。」

姚巍山就離開了孫守義的辦公室，孫守義稍微想了一下，然後撥通了傅華的電話，說：「有件事要跟你通個氣，姚市長覺得有必要強化駐京辦的班子，跟我建議說要給駐京辦增加一名副主任。」

傅華明白姚巍山這是想往駐京辦裏安插耳目，於是本能的拒絕說：「孫書記，我們駐京辦現在的人手夠用，不需要再增加什麼副主任了。」

孫守義說：「傅華，你先別急著拒絕，我覺得這倒未必是件壞事，你現在很大一部分精力都被用到熙海投資上去了，駐京辦的工作難免有些兼顧不來，增加一名副主任，也能幫你分擔一些工作壓力，何樂而不為呢？」

傅華擔憂地說：「孫書記，我怕這個副主任來了之後，不但不能幫我減輕壓力，反而會給我添不少的麻煩。」

孫守義反駁說：「傅華，如果你連一個副主任都掌控不了的話，那你這個主任還是趁早別幹了。」

傅華解釋說：「我不是掌控不了他，而是我現在實在沒有精力去跟他內耗。」

孫守義說：「人都還沒去呢，你怎麼知道他一定會跟你內耗呢？運用得當的話，我反而覺得這個人也許會成為你很大的助力的。」

傅華反問說：「孫書記，是不是您也傾向於讓這個人來駐京辦啊？」

孫守義說：「是的，我是這麼想的，這件事還在一個可控的範圍內，你不妨接受，甚至還可以把這個人運用起來；如果拒絕的話，以姚市長的個性，沒有得逞他一定不會甘心，肯定還會想別的損招來對付你的。」

傅華沉吟了一下，說：「好吧，孫書記，我接受這個人就是了。這個人什麼來歷啊？」

孫守義說：「是市旅遊局的一個處長，叫雷振聲，據姚巍山說很有能力。」

傅華聽了說：「名字倒很響亮，希望他工作上也能這麼響亮啊。」

孫守義笑說：「那就看你要怎麼用他了。另外，你也別以為這個人不去，你們駐京辦就是鐵板一塊了，那個林東你也要注意一下，他可是經常給姚巍山打小報告的。」

傅華說：「林東那傢伙雖然也經常會跟我搗亂，但是他本身沒什麼能力，就算是搗亂也不會給我造成太大的麻煩；這個雷振聲恐怕就不同了，有能力的人搗起亂來，破壞力是很大的。」

孫守義承諾說：「這樣吧，這個人你先用用看吧，如果真的覺得他是個麻煩，我會幫你調整的。」

傅華說：「行，孫書記，就按照您說的辦吧。」

結束通話後，傅華開始思考要怎麼安置這個雷振聲。他不妨把耗時耗力卻又吃力不討好的接訪工作交給他去處理；也可以把林東原來負責的一部分工作交給雷振聲，那時候，林東一定會因為權力被削弱而對這個雷振聲有所不滿，說不定兩人會先衝突起來；如果調節得當的話，這兩個傢伙不但不會是他的麻煩，反而會更老實一點。想到這裏，傅華心說姚巍山派這個人來，說不定還真的能幫上他不少忙呢。

這時湯曼敲門走了進來，說：「傅哥，你看了今天的股市沒有啊？」

傅華說：「還沒看呢，不過估計還是下跌吧。」

湯曼說：「是啊，現在已經跌破三千點關卡了。看來我們收回收購金牛證券股份的要約還真是做對了，在這種跌跌不休的狀況下，誰還願意收購證券公司啊。」

傅華笑笑說：「這也是市場在幫我們的忙。誒，小曼，你能不能讓你哥那個朋友想辦法說服一下華天鋼鐵的高層，讓他們主動跟我們聯繫出售金牛證券的股份？我保證會給華天鋼鐵一個很合理的價碼的。」

傅華答應過馮玉清會撤回收購要約，自然不能出爾反爾的再向華天鋼鐵重新發出收購要約，但是如果華天鋼鐵主動找上門來，則又另當別論了。那時他買下股份，馮玉清就不能再說什麼了。

湯曼問：「現在就要跟他們買嗎？」

傅華說：「是的，不能等市場完全跌到谷底再買，我感覺股市已經跌得差不多了，再等下去的話，那些見機早的人就會搶在我們的前面先買走的。」

湯曼聽了說：「行，那我跟他聯絡一下，估計這時候華天鋼鐵肯定急於脫手股份，他的朋友如果能幫忙促成這筆交易，對他也是一項不小的業績。」

兩天後，湯曼回報傅華，那個朋友傳來的消息說，華天鋼鐵願意出售股份，開價仍是十六億，問我們願不願意接盤？」

傅華說：「我們倒是願意接盤，不過，十六億的價格顯然是不行的，股市從我們提出收購要約的時候已經下降了這麼多，這十六億的價碼也該降一降了。」

湯曼說：「那我就跟他說，要對方降價好了。」

傅華想了想說：「你先別急著答覆他，就說我們要求兩天時間考慮一下，我也趁這個時間跟馮玉清打個招呼，問問馮玉清對這件事的態度。」

湯曼忍不住說：「傅哥，你這又是想要裝好人了，你明知道盛川集團是不可能在這時候買下股份的。」

傅華否認說：「這不是裝好人，而是對省委書記的尊重。我取得了她的同意再做，就什麼問題都沒有了，如果不問就去做的話，她會把這視為是一種冒犯的。」

湯曼搖頭說：「官場還真是複雜啊。」

傅華感慨說：「在官場上不複雜一點不行啊，很多時候往往就是一些小細節沒注意，就會釀成一場很大的風波的。」

傅華說這話完全是有感而發的，當初他跟金達會鬧得那麼僵，就是一些小細節上面他沒有注意，雖然最後金達也沒有占到什麼便宜去，但是傅華仍舊覺得他在處理跟金達的關係上很是失敗。

湯曼笑笑說：「行，你趕緊去問馮玉清吧，我去跟那邊的朋友說要他等兩天。」

傅華就打電話給馮玉清，說明華天鋼鐵想把股份賣給他的情形，然後說：「馮書記，您看您是不是幫我先問一下盛川集團，如果他們依舊要買的話，我會讓華天鋼鐵跟他們聯繫的。」

馮玉清詫異的說：「怎麼，你撤回收購要約後，盛川集團到現在還沒有向華天鋼鐵提出收購股份的要約嗎？那你先等一下，我問問盛川集團吧。」

半個小時後，馮玉清的電話回撥了過來，說：「傅華，我剛才問我哥了，我哥說盛川集團目前仍然無法達成一致，看來短時間內是無法收購股份的。」

傅華趁機說道：「馮書記，那您覺得我到底要不要買下股份呢？」

馮玉清笑說：「既然盛川集團不要，你要買就買吧。不過傅華，我哥說現在的股市下滑得厲害，連他對要不要買都開始有些顧慮了，你不怕這時候買來的話會虧本嗎？」

傅華說：「馮書記，只有這時候我才能買到便宜貨啊。說起來還應該感謝您，現在買的話，又可以省不少錢呢。」

馮玉清不禁說：「你這傢伙，是不是早就打好以退為進的主意了啊？」

傅華裝糊塗地說：「馮書記，您這就冤枉我了，我可是事事都按照您的指示去辦的。」

馮玉清笑罵說：「你說的好像有多怕我一樣，行啦，別在我面前要小聰明了，我可沒那麼好騙的。」

傅華笑笑說：「馮書記，其實我是順勢而為罷了，如果盛川集團在我撤回的這段時間買下股份的話，我也就沒什麼以退為進的機會了。」

馮玉清聽了說：「這倒也是，好啦，我還有很多工作要做，就不跟你聊了。」

馮玉清掛了電話後，傅華就把湯曼找來，說：「小曼，剛才我跟馮玉清通了電話，她說盛川集團已經確定放棄收購股份了。等兩天時間一過，你就跟那位朋友說，我們經過慎重的研究，依然有收購金牛證券股份的意向，但是十六億的價格有些太高了，問他能不能把價格降低一些。」

湯曼點點頭說：「那傅哥，你覺得降到多少價格合適呢？」

傅華評估了一下說：「我的心理價位是十四億，不過你跟他們談的時候可不要這麼講，先跟他們砍到十二億，然後再來討價還價好了。」

湯曼笑笑說：「行，我知道該怎麼做了。那我先回辦公室了。」

傅華說：「你先別急，小曼，我想跟你商量一下買下金牛證券後的操作思路。如果讓你去做金牛證券的董事長怎麼樣？」

如果真把金牛證券股份買下來的話，熙海投資完全有權決定誰來擔任金牛證券的董事長。而傅華是不適合擔任這個董事長的，他有駐京辦主任這個公職，並不合適有太多的兼職。

湯曼卻說：「傅哥，你先別急著讓我當什麼董事長，你先告訴我拿下金牛證券後，你究竟打算用它來做什麼。」

傅華笑笑說：「這就是我想跟你商量的操作思路的問題了。小曼，你在你哥的公司也工作了一段時間，對證券業應該很瞭解，據你看，金牛證券目前的營運模式存不存在問題啊？」

湯曼想了一下說：「問題是有一些，華天鋼鐵派駐進來管理金牛證券的人，都是出身華天鋼鐵，管理模式採用的是國企的那一套，自然就會有一些國營企業管理上的弊端。」

傅華說：「那需要不需要做大的整頓啊？」

湯曼思索了一下說：「大整頓是沒必要，而且在剛接手的時候就進行大整頓，會造成人心慌亂的現象，我看可以適當的在局部做一些調整。」

傅華點點頭說：「那就先進行局部調整好了，你進去後，儘快把金牛證券給穩定下來，千萬不能因為大股東的更換，而導致金牛證券發生動盪。你沒有信心的話，可以讓你哥幫你參謀參謀，或者乾脆讓他從他的公司調幾個精幹人員過來幫你。穩定金牛證券的局面後，就要研究一下怎麼樣才能儘快讓金牛證券上市。」

湯曼忍不住說：「傅哥，這個節奏是不是也太快了點啊，我們還沒將金牛證券買到手呢，你就開始計畫上市的事了。」

傅華笑說：「不是我想要它上市，而是想跟你討論一下這麼操作的可能性。小曼，你覺得有幾分把握能將金牛證券操作上市啊？」

湯曼搖搖頭說：「一分把握都沒有，現在證監會對這一塊把關的相當嚴格，不像以前隨便什麼樣的公司都能操作上市，而金牛證券的表現並不突出，想要上市，難度相當大。」

傅華聽了說：「如果真的無法上市的話，那我們就要考慮第二種可能性，就是轉手出售。我們用來收購金牛證券股份的資金都來自豐源中心的預售款，只有兩年的使用期限，如果到期錢無法回收的話，我們就會陷入很被動的境地啦。」

湯曼點了一下頭，說：「這我明白。」

傅華說：「如果照這個思路來操作的話，那就需要你想辦法儘快把金牛證券的業績給搞上去，只有業績上去了，金牛證券才能夠賣個好價錢。」

湯曼苦笑說：「傅哥，我現在真有點後悔不該跑來跟你搞什麼熙海投資的，我發現我來熙海投資後，被你給折騰得一刻也不得閒啊。」

傅華看了看湯曼說：「好了小曼，別那麼多牢騷了，我們不趁年輕還能折騰得動，難道等老了再來折騰啊？」

湯曼笑笑說：「我真有一種上了賊船下不來的感覺啦，好吧，我同意接手金牛證券的業務，不過那樣的話，我可能就無法兼顧中衡建工的項目了。」

傅華說：「這好辦，到時候你專心金牛證券的業務就好，我來處理跟中衡建工的事。」

湯曼開玩笑說：「那樣你可就要跟我們的余助理多接觸了，你不怕她給你臉色看？」

傅華聳了聳肩說：「也沒什麼好怕的，大不了我閉緊嘴巴，多聽少說就是了。」

兩天後，湯曼正式跟華天鋼鐵集團接洽購買金牛證券股份的事宜，經過幾輪的討價還價，最終熙海投資以十四億兩千萬拿下了金牛證券百分之六十一的股份。

隨即熙海投資改組金牛證券的董事會，傅華和湯曼都出任董事，湯曼則是擔任金牛證券的董事長兼總裁，全面執掌金牛證券的業務，湯曼原來負責跟中衡建工的聯絡工作也就移交給了傅華。

海川市駐京辦的小會議室裏，傅華正在跟羅雨、林東和雷振聲等人在開會。

雷振聲已經正式出任了海川市駐京辦的副主任。雷振聲戴著一副無框眼鏡，文質彬彬的，對誰都是滿臉的笑容，看上去是個很友善的人。

傅華問雷振聲說：「雷副主任，宿舍都安頓好了嗎？」

雷振聲笑笑說：「都安頓好了，謝謝主任的關心。」

「既然安頓好，那就要開始進入到工作狀態了。」傅華說到這裏，掃視了一下會議室裏其他人，說：「市裏出於強化駐京辦的考慮，把雷振聲同志派來任職副主任。今天把大家召集在一起，就是想研究調整工作分工的問題。經過考慮，我拿出了一個初步方案，大家看看有什麼意見。」

傅華就講了他初步擬定的分工方案，他這個主任自然是負責全面工作，林東則是負責機關黨委和接訪處的工作；羅雨負責綜合業務處和辦公室，雷振聲則是負責接待處和經貿處。

經過慎重考慮，傅華並沒有把接訪處交給雷振聲去負責，這是因為雷振聲初到駐京辦，還沒有接訪經驗，傅華擔心交給雷振聲這個新手負責的話，會出什麼紕漏，而林東是駐京辦裏資歷最老的一個，交給他負責雖然不能保證不出什麼問題，但是市裏卻不好挑他毛病，同時，這麼一搞，林東所負責的就是最清閒的機關黨委和最麻煩的接訪處了，原來由他負責的接待處就交給了雷振聲。

接待處是駐京辦業務當中，最能跟市裏領導接觸的一項工作，把這項工作從林東手裏拿出來，林東一定會很不滿意的。果然，當傅華把分工調整的方案講完後，林東的臉色頓時就難看了起來。

傅華沒有理會他，轉過頭先問羅雨說：「小羅，你對這個方案有什麼意見嗎？」

羅雨是三個副主任當中分工負責最好的一個，自然是不會有什麼意見，就點點頭說：「我同意主任的方案。」

傅華又轉向雷振聲，問道：「振聲同志，你覺得呢？」

雷振聲新到駐京辦，本就不好一來就反對傅華的安排，另一方面，傅華給他的安排也不算差，就笑笑說：「我也同意主任的這個安排。」

傅華這時候才把臉轉向林東，問道：「老林啊，你對這個方案有什麼意見嗎？」

林東臉色氣得鐵青，傅華先問羅雨和雷振聲，顯然是想要這兩個得到好處的傢伙先表態支持這個方案，然後再逼著他不得不接受。

林東不甘就範，於是倚老賣老地說：「傅主任，我對這個方案有意見。機關黨委那邊是最清閒的，而接訪處卻是麻煩最大的，憑什麼把這兩塊最不好的工作交給我來負責啊？」

傅華笑笑說：「老林，你怎麼可以這麼說呢，機關黨委主要負責舉辦幹部學習等工作，是一項很重要的工作，你怎麼能夠說是最清閒的呢？接訪處確實是最麻煩的一項工作，但是你是老同志了，經驗豐富，這種麻煩的工作

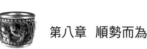

不交給你來處理，難道交給振聲同志這樣一個新來乍到的人嗎？」

林東看了看傅華，似乎還想說些什麼，但是傅華卻不給他說的機會，接著說道：「既然大多數人都同意這個分工方案，那就按照這個執行吧。最近市裏對我們駐京辦的表現有很大的意見，所以我希望每個同志都能把自己分管的工作給做好，不要出現任何紕漏。好了，散會。振聲同志，一會兒你到我辦公室來一下，我有話跟你談。」

傅華說完，就收拾東西回自己的辦公室。

第九章

亂點鴛鴦譜

「傅董，你是不是覺得欣雁對你的態度有些嚴苛了些，讓你覺得無法接受？」倪氏傑問。

傅華推拒說：「倪董，我是覺得您有些亂點鴛鴦譜了，余助理跟我合作以來，一直看我不太順眼，我們是不合適的。」

過了一會兒，雷振聲敲門走了進來。

傅華招呼說：「坐吧，振聲同志。」

雷振聲就坐了下來，傅華笑笑說：「振聲同志，老林那個人說話比較直，他就是這麼個個性，有好處就爭，有麻煩就往外推。你可不要對他有什麼意見啊。」

雷振聲趕忙笑說：「我沒事的，主任。」

傅華說：「沒事就好。誒，振聲同志，我找你來，是想跟你聊聊經貿處的工作。經貿處主要是負責招商引資，你來之前，市裏對我們這塊工作很不滿意，把你給派來，也是想要解決這個問題，所以你要儘快想辦法把這塊工作給抓起來，沒問題吧？」

雷振聲大力地點點頭說：「我會努力把這塊工作給搞好的。」

傅華滿意地說：「我相信你有這個能力的。對了，你初到北京，肯定還要適應的過程，生活上如果有什麼需要幫忙的地方可以跟我說，能幫忙的地方，我一定會幫你解決的。」

雖然明知雷振聲是姚巍山派來的親信，但是傅華想先儘量籠絡雷振聲，如果這傢伙不識抬舉，非要跟他作對的話，那他再出手收拾他也不晚。

雷振聲說：「這裏我還算適應，應該不需要幫忙，謝謝主任關心。」

傅華說：「行啊，等你遇到什麼問題再跟我說吧。」

這時，余欣雁打電話來，雷振聲就出去了，傅華接通了電話，說：「余助理，有什麼指示嗎？」

余欣雁說：「我哪敢指示傅董啊，是這樣子的，有些事需要商量一下，我聯繫湯小姐，湯小姐說她現在去負責金牛證券那一塊了，項目的事讓我聯繫你。」

傅華聽了，笑笑說：「是的，現在是由我負責這邊的事務。需要我做什麼嗎？」

余欣雁說：「那你過來指揮所這邊吧，見面我們再商量。」

傅華答應說：「行，我馬上就過去。」

傅華趕去工地，中衡建工的人就施工遇到的一些問題徵詢傅華的意見。事情商量完，余欣雁佩服地說：「傅董，雖然你這個人嘴很賤，不過做生意倒是一把好手啊，你哄得我們倪董答應墊資施工，自己卻把預售大樓的錢拿來買了金牛證券的股份，你這等於是在拿我們中衡建工的錢在賺錢啊。」

傅華因為打定主意不再招惹這個女人，也就懶得辯解什麼，就轉移了話題，說：「誒，余助理，倪董對金正群的事調查得怎麼樣了？」

余欣雁見傅華沒有回嘴辯駁，感到有些意外，奇怪地說：「傅董，我怎麼覺得你今天有點反常啊？」

傅華愣了一下，說：「反常？沒有吧，我沒有覺得什麼地方反常啊？」

余欣雁笑笑說：「怎麼不反常啊，我那麼說你，你卻連辯解都不辯解，就那麼接受下來，以前你可不是這個樣子的啊？」

傅華笑了一下，說：「我之所以不辯解，是因為我發現跟你辯到最後總是我輸，所以不如閉上嘴更好一點。」

余欣雁笑說：「誒，你今天似乎變聰明了很多啊。」

傅華自我解嘲說：「我都受過你幾次深刻的教訓了，就算想不聰明都不行啊。」

余欣雁笑得更開心了，說：「你知道就好。」

這時，倪氏傑推門走了進來，笑問：「誒，傅董，你跟欣雁說什麼說得這麼高興啊？」

傅華笑笑說：「沒什麼，就是熙海投資把金牛證券給買了下來，余助理覺得我是拿中衡建工的錢買的，認為我占了中衡建工的便宜。」

倪氏傑聽了，說：「這件事我也聽說了，欣雁說得沒錯，你是在拿我們中衡建工的錢周轉啊。不過你這一手玩得很漂亮，說實話，我現在都有些後悔，該在合約中約定熙海投資收到預售款要先支付給中衡建工才對的。」

傅華笑說：「合約可是已經簽好了，您就是後悔也已經晚啦。誒，倪董啊，您怎麼會跑來工地啊？」

倪氏傑說：「我是來看看工地的情況的，聽他們說你跟欣雁在指揮部，就過來看看你。誒，傅董啊，你對欣雁這段時間的工作還滿意嗎？」

傅華趕忙點頭說：「很滿意，余助理對工作認真負責，是個很優秀的管理者啊。」

余欣雁癟了一下嘴，說：「不用當著我的面說得這麼好聽，以後背後少說我幾句壞話就行啦。」

傅華尷尬地說：「余助理，我不是已經對在金正群面前說你的那幾句話道過歉了嗎？」

倪氏傑也幫腔說：「好了欣雁，傅董那幾句話也沒什麼惡意的，你就別不依不饒了。」

余欣雁嗤了聲說：「誰不依不饒了，我不過提醒傅董一下而已。」

傅華看余欣雁在倪氏傑面前完全是一副小女人撒嬌的做派，而倪氏傑則是一口一個欣雁叫得十分親熱，心想兩人也太肉麻了點，當他的面還這麼曖昧，就想要走了，於是說：「倪董，您跟余助理聊吧，沒什麼事的話，我就先回去了。」

倪氏傑卻不想放傅華離開，說：「傅董，你先別急著走，到吃午飯的時間了，一起吃個飯吧，順便我有事要跟你說。」

倪氏傑這麼說，傅華就不好再堅持要離開了，就順從地說：「那就叨擾倪董一頓了。」

倪氏傑笑笑說：「客氣什麼啊。你稍等一會兒，我先跟欣雁談談工作上的事。」

傅華說：「行，那我去外面車上等您。」

傅華就出去上了自己的車。大約過了二十多分鐘，倪氏傑從指揮部走了出來，傅華看到只有他一個人，就問道：「咦，倪董，余助理不跟我們一起去啊？」

倪氏傑說：「她還有事情要處理，就不跟我們一起去了，走，我們找個地方吃飯去。」

兩人就在附近找了家餐廳，倪氏傑把司機安排在外面吃飯，他和傅華則是單獨進了包廂。

進了包廂，倪氏傑點了幾樣菜，叫了瓶紅酒，就和傅華邊吃邊聊起來。

「倪董，您說過要查金正群的，怎麼最近都沒什麼動靜了？」

倪氏傑嘆說：「傅董，我倒是讓人去查金正群了，也查出了問題，不過現在有些不好處理啊。」

傅華疑惑的問道：「倪董，我有些不明白，既然查到問題了，為什麼不好處理啊？難道是找不到證據嗎？」

倪氏傑苦笑說：「這傢伙膽子很大，也很愚蠢，做什麼事都不知道掩飾，我的人沒費什麼事就拿到了他充足的犯罪證據了。」

傅華越發困惑了，「倪董，這我就更不明白了，連證據都有了，怎麼會不好處理呢？」

倪氏傑為難地說：「問題就是金正群涉及的事情太大了，我怕會牽連到很多上面的領導，如果我把他的罪行給揭露出來的話，恐怕將有一批重要的領導會因此而倒楣的。那時候，我雖然能夠將金正群給搞掉，也會讓上面對我感到不滿，我這個董事長還能不能還坐得住可就很難說了。」

傅華一聽就明白倪氏傑在顧忌什麼了，倪氏傑搞掉金正群的話，自己也會因此付出慘重的代價，甚至會失去中衡建工的董事長一職，這自然是倪氏傑無法承受的。

倪氏傑看了傅華一眼，反問說：「傅董，你說我應該怎麼辦呢？」

傅華沉吟了一下，說：「倪董，您看能不能這樣，你可以想個辦法把他趕出中衡建工，這樣他就不能威脅到您什麼了。」

倪氏傑說：「怎麼趕呢？」

傅華建議說：「有沒有可能讓人揭發金正群在工作中犯下的錯誤，然後以此來逼著金正群自行辭職呢？」

「自行辭職？」倪氏傑否決了：「這是不太可能的，金正群臉皮厚得很，他絕不會主動辭職的。」

傅華笑說：「您可以逼他有這個自覺性，比方說把找到的罪證私下裏給他展示一下，讓他知道他這些罪證如果暴露的話，會承擔什麼樣的責任，這樣他也許就會有主動辭職的可能了。」

倪氏傑想了一下，說：「這倒是個辦法，回頭我試試看吧。」

說到這裏，倪氏傑和傅華就暫且把金正群這個話題放下了，倪氏傑說：

「傅董，我問你一件私人的事，我聽說你已經離婚有一段時間了，不知道你現在有沒有固定的女朋友啊？」

傅華愣了一下，說：「倪董，您問這個幹什麼啊？不會是想幫我介紹女朋友吧？」

倪氏傑笑說：「你猜對了，我還真有這個意思，我看你跟欣雁相處的很不錯，正好欣雁也沒有男朋友，你看是不是考慮跟她交往一下啊？」

聽到倪氏傑居然要把余欣雁介紹給他做女朋友，心中真是有點錯愕，這個倪氏傑是不是也太無恥了點，居然想把自己的情人介紹給他做女朋友。難道是因為玩膩了，想要藉機甩掉余欣雁？

傅華自然不會接受倪氏傑玩膩的女人，便笑笑說：「倪董，謝謝您對我的關心，不過您可能不知道，我離過兩次婚，對婚姻已經有點怕了，所以現在並沒有想交女朋友的意思，再說我的工作很忙，也沒時間去想這些。」

「傅董，工作忙沒心情什麼的都是藉口，你是不是覺得欣雁對你的態度有些嚴苛了些，讓你覺得無法接受？」倪氏傑問。

傅華有些為難地說：「倪董，我是覺得您有些亂點鴛鴦譜了，余助理跟我合作以來，大概是工作理念上存在差異吧，她一直看我不太順眼，我們是不合適的。」

倪氏傑忙說：「傅董，這你就是沒看懂欣雁的心思了。實話說，欣雁是很欣賞你的，私下跟我談起你，對你都是讚不絕口，認為你這個人很有商業頭腦。」

傅華訝異地說：「不會吧，余助理在我面前可從來沒有說她很欣賞我，倒是經常挑我的毛病。」

倪氏傑笑說：「那是因為你一開始的時候就表現出看不起她的樣子，讓她覺得被你蔑視了，所以就處處找你毛病針對你。我想你應該理解，女孩子嘛，自尊心都很強的。」

倪氏傑的話印證了湯曼說的余欣雁是喜歡他的說法，難道余欣雁真的喜歡他嗎？不過即使這樣，傅華依然沒有要接受余欣雁做他女朋友的意思，他的生活已經夠混亂的了，再加上一個余欣雁的話，除了亂上加亂之外，沒有別的好處。

傅華仍是搖搖頭說：「倪董，我現在真的沒有交女朋友的心情。」

倪氏傑遺憾地說：「那就可惜了，我覺得你們是很般配的。」

傅華不禁說道：「倪董，我的個人生活很混亂不堪，離過兩次婚不說，網路上還有我的一些亂七八糟的緋聞，余助理那麼優秀，我根本就不配的。」

倪氏傑不以為意地說：「你也不用這麼自貶，你的事我多少瞭解一些，我覺得這不是你生活混亂，反而證明了你的優秀，因為只有優秀的男人才會吸引那麼多的女人的。」

傅華笑說：「倪董這麼說，是不是您曾經吸引過很多女人啊？」

倪氏傑得意地說：「那是自然了，這些年圍在我身邊的女人……」

倪氏傑就開始跟傅華聊起他的風流韻事，直到這頓飯吃完，再也沒提起過余欣雁了。

吃完飯，傅華跟倪氏傑分了手，就去金牛證券公司，想去看看湯曼在那邊的情況。

湯曼正在辦公室忙碌著，看到傅華來了，抱怨說：「傅哥，你可真是給了我一個好差事啊，現在所有的事都壓在我身上，可真是把我忙得要命。」

傅華笑說：「你新接手，自然要有一個上手的過程，等上手了，就沒這麼忙了。你沒從你哥那邊調幾個人過來幫忙嗎？」

湯曼說：「我跟我哥要過人了，不過他那邊人手也不充裕，只肯派一個人來幫忙，那個人還要先把手頭的事情處理完，所以明天才能過來。」

傅華愛莫能助地說：「沒辦法，只好你自己先忙了。」

湯曼說：「也只好這樣了。誒，余助理跟你聯繫上了嗎？」

傅華說：「聯繫上了，我去跟她開過會了。」

湯曼笑說：「那她沒給你臉色看啊？」

傅華說：「我今天表現的很乖巧，余助理說什麼，我就聽什麼，她就是想發火也沒機會發出來了。不過最後倒是叫倪氏傑搞得我挺尷尬的，他要把余助理介紹給我做女朋友，還說余助理私下很欣賞我。」

湯曼促狹地說：「看吧，我沒說錯吧，連倪董都說余欣雁欣賞你。誒，傅哥，你怎麼回答他的？」

傅華說：「我當然是拒絕啦，我不是跟你說過了嗎，我現在沒有心情去交女朋友的。」

湯曼忍不住搖頭說：「傅哥，我現在越發想見見那個馮葵了，看看究竟是什麼樣的女人能把你迷成這樣，連余欣雁那麼漂亮的女人你都不放在眼中啊。」

傅華白了湯曼一眼，有些不悅的說：「小曼，我警告你啊，你如果再拿馮葵說事，別說我跟你翻臉啊。」

湯曼吐了一下舌頭，說：「你這麼生氣，是被我踩到狐狸尾巴了吧？好了，算我怕你了，不說總行了吧！不過你拒絕了倪氏傑，恐怕以後你和余欣雁相處起來會更彆扭了。」

傅華苦笑說：「是啊，所以我才說被倪氏傑搞得挺尷尬的，以後我在余欣雁面前更是要多聽少說了。誒，小曼，這段時間，盛川集團那邊沒找過你什麼麻煩吧？」

湯曼說：「沒有啊，馮玉山一直沒露面，跟金牛證券聯繫的都是盛川集團的一個副總經理，怎麼傅哥，你擔心馮玉山會來找事嗎？」

傅華憂心忡忡地說：「我們拿下了金牛證券的控制權，這對馮玉山來說總是一個挫折，我擔心他會想辦法報復我們。」

湯曼說：「我想應該不會的，我們已經禮讓過他了，他還想怎麼樣啊?!而且就算找事我們也不怕他啊，我們現在的持股數已經超過了三分之二，可以左右金牛證券的整體局勢，馮玉山識趣的話，最好是不要搞什麼小動作，否則的話，我讓他吃不了兜著走。」

傅華說：「你還是先別得意忘形了，現在股市還在往下跌，你還是趕緊想辦法提高金牛證券的業績才是啊。」

說起股市，湯曼臉上的笑容就不見了，熙海投資得到金牛證券的控制權之後，股市並沒有止住下滑的態勢。在這種情況下，證券公司的業務自然是不會好的。雖說股市不會老是一片綠油油的，但是也沒有誰知道股市究竟什麼時候能夠重拾升勢。現在財經專家普遍的判斷都是很悲觀的，湯曼心裏難免也有些發虛。

看著這個情形，傅華也很擔心自己這次判斷失誤了，不過越是這時候，他越不能把擔心展現在湯曼面前，那樣會更打擊湯曼的信心，就打氣說：「小曼，你總算還跟你哥混過幾天證券業的，怎麼就忘了，股市上不是有一句名言嗎，行情總在絕望中誕生，在半信半疑中成長，在憧憬中成熟，在希望中毀滅。你別這麼沒信心了，如果我判斷的沒錯的話，股市近期應該會有一波行情的。」

海川市政府，姚巍山辦公室。姚巍山正在跟雷振聲通電話。他想要瞭解一下雷振聲到駐京辦後的情況。

「小雷啊，在北京還習慣嗎？」

雷振聲笑笑說：「還算習慣，姚市長。」

姚巍山說：「習慣就好，傅華那傢伙安排讓你分管什麼工作啊？」

雷振聲說：「他讓我分管接待處和經貿處。」

姚巍山意外地說：「這個安排還算不錯嘛，看來傅華對你還可以啊。」

雷振聲說：「他這麼做肯定是想來籠絡我的，不過您放心，我很知道我是怎麼來駐京辦的，所以我會站穩腳跟，不會因為他給我一點點的小恩小惠就有所動搖的。」

姚巍山對雷振聲的表態很滿意，說：「你明白這一點就好。現在接待處交給你來管了，那林東又分管什麼去了？」

雷振聲說：「傅華讓他分管接訪處和機關黨委，他對這個安排很不滿意，認為這麼安排很不公平。」

姚巍山笑說：「傅華這是在報復林東啊，對於林東，你要注意跟他的團結，這個同志對傅華有一肚子的意見，你如果能夠和他團結好了，對你今後的工作很有利的。」

雷振聲不禁疑慮地說：「可是姚市長，林東因為我接收了接待處，現在對我很有意見，恐怕就算是我想跟他團結，他也不一定會搭理我的。」

姚巍山說：「他這是中了傅華分化你們倆的詭計了，你以為傅華讓你分管接待處是出於好心嗎?他就是想利用這個挑起你跟林東的衝突，然後讓你們各自為政，無法團結起來對付他的。」

雷振聲說：「這個我也清楚，但是林東好像並不明白這一點。」

姚巍山聽了說：「林東反應有些遲鈍，這樣吧，回頭我會跟林東說這是傅華的陰謀，讓他不要上當。還有啊，小雷，林東畢竟是個老同志，你要注意多尊重他一些，這樣我想你們之間就應該沒什麼問題了。」

雷振聲說：「我明白，姚市長，我會多尊重林東的。」

姚巍山又說：「還有一件事，我讓你瞭解熙海投資的情況，你都打聽到了些什麼啊?」

姚巍山之所以讓雷振聲瞭解熙海投資的情況，是因為駐京辦的業務大多是公開透明的，傅華能做手腳的地方不多，而駐京辦唯一一個情況不透明的就是熙海投資了，偏偏熙海投資所涉及的投資金額巨大。按照姚巍山以己度人的理解，傅華肯定會在其中上下其手，大撈好處，所以想抓到傅華的把柄，就應該從熙海投資上著手，所以特別交代雷振聲要注意收集關於熙海投資的情況。

雷振聲報告說：「姚市長，熙海投資跟駐京辦是分開辦公的，有一班獨立運作的人馬，只向傅華一個人彙報，所以我現在對熙海投資的情況瞭解得不多。」

姚巍山哼了聲說：「這簡直成了傅華的私人王國了啊，你先告訴我瞭解到了些什麼吧。」

雷振聲說：「熙海投資的大股東洪熙天成是設立在海外的離岸公司，公司的註冊資料高度保密，我根本就瞭解不到這家公司具體的情況，好像自始至終只有傅華一個人出來說他是代表大股東洪熙天成的，洪熙天成根本就沒派人來過熙海投資公司。」

姚巍山好奇地說：「這麼神秘啊？」

雷振聲說：「是啊，給我的感覺好像是傅華一個人在唱獨角戲，我看這個洪熙天成搞不好就是他個人的。」

姚巍山否認說：「這個你可能想錯了，熙海投資操作的項目投入金額巨大，傅華自己是沒有能力籌到這麼大一筆資金的，裏面肯定有一些權勢人物在背後操盤。洪熙天成你不要去查了，可別查到了我們惹不起的人身上。」

姚巍山心中對這個惹不起的人，基本上認定是楊志欣，楊志欣是副總理，操作幾十億資金的項目是小菜一碟，因此很可能楊志欣就是洪熙天成幕後真正的老闆。楊志欣可不是他能惹得起的，所以姚巍山不敢再讓雷振聲繼續查洪熙天成這條線了。

姚巍山繼續說道：「小雷啊，你主要要注意一下傅華現在在操作的項目，看看他在其中有什麼違法的行為沒有。」

雷振聲說：「熙海投資目前和北京的豪天集團合資開發了兩個樓盤項目，一個是豐源中心，一個是天豐源廣場，豐源中心現在預售出去十五萬平米，總值六十億，熙海投資已經拿到了三十億的資金。」

「三十億！」姚巍山驚訝的說。

他想的是傅華過手這三十億會得到多少好處。而且這還是工程的一部分，後續熙海投資應該還有更大的收入，傅華能得到的好處十分驚人啊，這傢伙這下子是發了啊。這麼大的好處都被傅華給獨吞了，他卻沒有機會染指，此刻姚巍山的心中不禁對傅華心生妒意起來。

雷振聲接著又說：「是的，這三十億，除了用來歸還洪熙天成當初購買項目的資金，還花了十七億買下金牛證券百分之六十九的股份，熙海投資的總經理湯曼因此出任了金牛證券的董事長和總裁。」

姚巍山心中又是一陣嫉妒，十七億用來購買金牛證券的股份，這要收多少回扣啊？在他看來，傅華肯定在交易過程中收了對方很大的好處了，特別是在現在股市這麼差的前提下，如果不是拿了對方的好處，姚巍山想不出誰會在股市這麼慘跌的時候去買一家證券公司的。

姚巍山說：「小雷，你怎麼看關於金牛證券這筆交易啊？」

雷振聲說：「我覺得這筆交易相當可疑，熙海投資的一些工作人員也認為傅華在股市這麼差的時候斥資買下金牛證券，是個明顯的失誤。」

姚巍山說：「你也覺得這是傅華的失誤嗎？」

雷振聲想了想說：「我覺得這裏面可能涉及到一些非法的利益輸送。姚市長，您知道湯曼這個女人吧，我覺得熙海投資之所以會買下金牛證券，與這個女人有很大的關係。當初傅華第一筆買下金牛證券百分之八的股份，就是這個湯曼的哥哥湯言居中介紹的。」

姚巍山質問說：「你的意思是，傅華涉嫌通過這種方式向湯曼的哥哥輸送利益？」

雷振聲振振有詞地說：「是的，這個湯曼是個年輕漂亮的女人，而且跟傅華關係曖昧，在熙海投資的工作人員都知道，湯曼都是稱呼傅華為傅哥，從來不叫傅華的職稱，所以我猜測湯曼和傅華私下的關係一定很親密，因而傅華把熙海投資的利益轉移給湯曼的哥哥湯言也是很順理成章的。」

姚巍山對雷振聲提供的情報很感興趣，如果真是這樣的話，傅華轉移給湯言的就是大股東洪熙天成的利益了，也就是在竊取楊志欣應得的利益，如果事情揭發出來，楊志欣會怎麼看傅華這傢伙呢？他總不會樂於看到自己的財富被傅華給偷走吧？

姚巍山暗讚雷振聲還真是不錯，才去幾天就摸到這麼多對傅華不利的東西，比那個林東強多了，看來要搬掉傅華這個絆腳石是指日可待的事啦。

姚巍山稱讚說：「小雷，你很不錯啊，這麼短的時間就摸到了這麼多的內幕。接下來你要再接再厲，徹底查清楚傅華和湯曼在熙海投資究竟做了些什麼，如果傅華在其中真有什麼違法行為的話，我一定會把他從駐京辦主任的位置上拿下來的，到時候你可是很有機會能接任他的職務。」

雷振聲高興地說：「謝謝姚市長的誇獎，您放心，我一定竭盡全力搞清楚這件事的。」

姚巍山笑說：「那行，我等著聽你的好消息啦。」

第十章

無可救藥

傅華不禁傻眼，他本以為雷振聲行為應該收斂些了，
哪知道這傢伙居然做出比昨天更差勁的事。
傅華心裏大罵雷振聲真是無可救藥了。
傅華趕忙歉意的說：「對不起啊，劉所長，
我也沒想到那傢伙會這麼無可救藥。」

姚巍山掛了電話，臉上露出了詭秘的笑容，他終於找到了一個能夠對付傅華而且行之有效的辦法了。

從他到海川任職以來，傅華一直讓他感到特別的彆扭，好幾次讓他臉上無光，現在終於被他抓到了傅華在竊取楊志欣利益的不軌行為，他相信只要雷振聲找到相關的證據，楊志欣肯定會從傅華的支持者變為傅華的敵人，到那時候，他再來對付傅華，可就易如反掌啦。

姚巍山正想著要怎麼去擺佈傅華呢，桌上的電話響了起來，顯示的號碼是李衛高。

「李先生，找我有事啊？」姚巍山接通了電話。

李衛高說：「您還記得龍門市開發區的那個林雪平嗎？」

「林雪平？」姚巍山想了一下，說：「好像有點印象，是不是上次我去參加伊川集團奠基儀式時見過的那個林副區長啊？」

李衛高笑笑說：「對對，就是他。最近龍門市因為開發區的工作開展的很好，準備推薦龍門市開發區的黨委書記出任龍門市的副市長，然後讓開發區的區長接任黨委書記，這樣子，開發區的區長位子就騰出來了，這個林雪平就找了陸伊川，想爭這個位子。」

姚巍山對陸伊川一個商人過多的參與幹部任命並不是很高興，而且他對陸伊川也不像對李衛高那麼信任，頗有微詞地說：「這個陸伊川以為自己是誰啊，龍門市的組織部長嗎？這種事他也要攪和啊？」

李衛高緩頰說：「這主要是陸伊川覺得林雪平對他們的冷鍍工廠給了很大的支持，如果能讓林雪平出任這個開發區的區長，對伊川集團今後的發展也很有利，所以才想要幫這個林雪平的。」

姚巍山哼了聲說：「這傢伙算盤倒是打得很精啊。」

李衛高笑笑說：「商人就是這個樣子的嘛。誒，姚市長，您看這樣子好不好，找個時間您見見林雪平吧，看看這個人怎麼樣，再決定是不是要幫他這個忙，行嗎？」

姚巍山想了一下，目前他也想在海川拉攏一批人，再說他曾經拿過陸伊川的好處，不好拒絕陸伊川提出的要求，就說：「好吧，你讓林雪平明天上午來我辦公室吧，我看看他究竟適不適合出任這個龍門開發區的區長。」

李衛高應承說：「好的，姚市長，我會通知林雪平的。」

姚巍山又說：「誒，李先生，你既然說起陸伊川來，我這段時間沒跟他聯繫，他的冷鍍工廠建設的怎麼樣了？」

李衛高笑笑說：「挺好的，都在按照預定的計畫進行著呢。」

姚巍山有些擔心地說：「他的貸款可是海川市財政給做的擔保，不會有什麼意外吧？」

李衛高大力保證說：「肯定不會有什麼意外的，目前項目進展順利，市場上對冷鍍工廠的產品需求相當的旺盛，一旦這個項目正式投產，馬上就會產生極大的經濟效益，償還貸款一定不會產生任何問題的，所以您就放心吧，絕對不會有什麼閃失的。」

姚巍山點點頭說：「沒問題是最好了。」

李衛高笑說：「只要龍門市開發區那裏不發生什麼大的變故，我想這個項目就應該沒什麼問題的，所以陸伊川想要林雪平做開發區的區長也不是沒有理由的，他就是想讓林雪平護航冷鍍工廠項目能夠順利的進行。」

姚巍山聽了說：「好，李先生，我明白你的意思了，林雪平如果沒什麼太大的問題的話，我會為他向龍門市委打招呼的。」

第二天早上，姚巍山到辦公室的時候，林雪平已經在辦公室門前等著他了。姚巍山心說這傢伙跑官的心倒挺急切，這麼早就從龍門市趕來海川了。

姚巍山就把林雪平請進了辦公室，坐下來後，林雪平很像回事地開始報告起伊川集團冷鍍工廠的施工進展情況來。

林雪平彙報完，姚巍山點點頭說：「林副區長，目前來看，龍門市開發區對伊川集團這個冷鍍工廠項目提供的服務還算很到位。不過你不要以為這就夠了，這個項目可是海川市引進的重點投資項目，海川市的上上下下可都在看著你們龍門市開發區，所以你們一定要確保這個項目能夠順利的進行，千萬不要出任何的紕漏。」

林雪平點了一下頭說：「請姚市長放心，我們龍門市開發區領導班子對這個項目的重要性都有充分的認識，一定會做好相關配套的服務工作的。」

會面到這時候基本上就該結束了，林雪平站了起來，從手提包裏拿出了一個檔案袋，放在姚巍山面前，說：「姚市長，我寫了一點關於龍門市開發區發展的設想，等您有空的時候，幫我看一看我的想法是否可行。」

姚巍山瞄了一眼檔案袋，這個檔案袋比一般的檔案來得厚，顯然裏面除了文件之外，應該有別的內容。姚巍山滿意的笑了笑，看來這個林雪平還算是會做人。

就這麼倉促的見一下面，當然無法判斷林雪平是否適合擔任龍門市開發區區長的職務，他要林雪平來見他，其實就是為了袋子裏的東西，他的推薦肯定是不能沒有代價的。

姚巍山說：「行，你放在這裏吧，我有時間會看的。」

林雪平離開後，姚巍山打開檔案袋，裏面是三疊嶄新的鈔票，三萬塊美金，他很滿意地將檔案袋鎖進了抽屜裏。

海川市駐京辦，傅華辦公室。

傅華正在看著公文，湯曼走了進來。傅華趕忙問：「小曼，這幾天金牛證券情況是不是好一點了？」

湯曼笑笑說：「是啊，這幾天人氣總算有所恢復，要不然我真的不知道該怎麼辦了。」

就在前天，政府終於出手救市了，國有四大銀行發佈公告，將通過二級市場增持四大銀行的股票，同日社保基金宣布再度追加三百億資金入市，於是在股市慘跌多日的狀況下，當日就大漲了百分之五點六，股市總算是止跌回升了。

傅華打氣說：「小曼，你不要太給自己壓力，購買金牛證券股份的決策是我做的，就算有責任也該由我來承擔，所以你別想太多。」

湯曼說：「我不能不想啊，你把金牛證券交給我負責，我就要把它做好。誒，傅哥，先不說這個了，我來是有件事想要問你，你是不是準備要海川駐京辦的人參與熙海投資的工作啊？」

傅華愣了一下，說：「沒有啊，駐京辦是駐京辦，熙海投資是熙海投資，兩家互不干擾，我可沒有要讓駐京辦的人參與熙海投資的事務。」

湯曼納悶地說：「那就奇怪了，怎麼最近駐京辦的人經常會去熙海投資串門子，還對熙海投資的事問東問西的。」

傅華不禁問道：「常去熙海投資串門子的人是誰啊？」

湯曼說：「就是你們駐京辦新來的副主任雷振聲。熙海投資的工作人員告訴我，他很關心熙海投資的股東情況，一直打探大股東洪熙天成的事，還問了許多熙海投資的事。」

「是他?!這傢伙是我們海川市市長安插進駐京辦來抓我把柄的，小曼，你跟熙海投資的工作人員說一聲，對這個雷振聲要有所防備，不要什麼事都跟他講。這些運作是商業機密，要求他們不得向熙海投資以外的人透露，否則公司將會追究他們洩密的責任。」

湯曼點點頭說：「我明白了傅哥，對這個雷振聲要加以防備就是了。」

湯曼離開傅華的辦公室後，傅華便離開駐京辦，去了豪天集團。

羅茜男聽完熙海投資的近況後，笑笑說：「前幾天我還在擔心金牛證券的情況，覺得你買金牛證券是買錯了，現在股市轉好，看來你這個投資決定還是很英明的。」

傅華說：「前幾天我對金牛證券也很擔心，好在政府總算是出手了。」

羅茜男感慨說：「現在好啦，事情一樣一樣都上了軌道，齊隆寶和雎才燾也老實了，我們總算是可以鬆一口氣了。」

傅華卻搖搖頭說：「你可以鬆口氣，我卻不行啊，我那邊是舊的麻煩沒了，新的麻煩又出來了。」

羅茜男不解地說：「怎麼，你那邊又有什麼麻煩啦？」

傅華說：「我們市長看我不順眼，想找我的麻煩，所以派了一個人來駐京辦做副主任。這傢伙的動作很快，跑去熙海投資問東問西的，想查熙海投資的底。」

羅茜男詫異地說：「這傢伙膽子倒挺大的，那你準備拿他怎麼辦啊？」

傅華十分無奈地說：「我也不能拿他怎麼樣，他是市裏經過正當手續任命的，雖然問東問西的很令人討厭，但是也不犯法，我也不能因此就去訓斥他，只好讓湯曼告訴熙海投資的人，說以後不准跟這傢伙講熙海投資的事。」

羅茜男搖搖頭說：「可是這樣子解決不了根本問題，他在這方面找不到你什麼毛病，一定會再想別的方法來跟你搗亂的。叫我說，你乾脆想個辦法抓他點把柄，然後把他趕出駐京辦不就得了？」

傅華苦笑說：「行不通的，這傢伙很聰明，做事很謹慎，甚至出去辦私事都不用駐京辦的車，就是擔心被我抓他的小辮子。」

羅茜男哼了聲說：「這傢伙倒也有趣，不過在北京這個地方，僅僅是謹慎是不能保證不出事的。」

傅華覺得羅茜男眼神有些詭譎，趕忙說：「羅茜男，你不會是想對那傢伙做什麼吧？」

羅茜男立即矢口否認說：「你別這麼緊張，我連見過都沒見過這個人，又能對他做什麼啊。」

傅華想想也是，就笑了笑，沒再說什麼了。

過兩天，恰逢週六，傅華早早的去趙凱家接了兒子傅昭，他答應要帶傅昭去水立方樂園玩。那是目前亞洲最大、最先進的室內主題水上樂園。

到了那裏，兩人換上泳衣，將隨身物品鎖在儲物櫃裏，就進到樂園裏面。小孩子是最喜歡這種遊樂場的，傅昭開始瘋玩了起來。傅華難得有時間陪傅昭出來玩，看傅昭這麼高興，也很投入，一直玩到下午四點多，父子兩人才意猶未盡的出來換衣服準備離開。

換好衣服，傅華拿出手機一看，見上面有十幾通未接電話，其中一通是轄區派出所劉所長的，其餘的都是雷振聲的手機號碼。

傅華不禁愣了一下，對雷振聲在週末的時候連打十幾個電話找他感到有些奇怪。如果是駐京辦那邊有什麼公事的話，羅雨應該會打電話過來的；如果是私事，他和雷振聲並沒什麼私交，雷振聲不應該在週末休息的時候來打攪他啊。

傅華在疑惑中撥通了雷振聲的手機，沒想到雷振聲的手機是關機狀態。傅華有不好的預感，雷振聲似乎是出了什麼事了，於是趕緊撥了劉所長的電話。

這次，電話很快就接通了。

「劉所長，大週末的你找我有什麼指示嗎？」

劉所長說：「我指示你什麼啊，就是有個事跟你說一聲，你們海川駐京辦是不是新來了一個姓雷的副主任啊？」

傅華緊張地問：「是啊，怎麼了，他不會是出了什麼事吧？」

劉所長語氣怪異地說：「傅主任，不是我說啊，你們海川市怎麼淨出些齷齪的人啊？」

「齷齪的人？」傅華不解地說：「劉所長，你為什麼這麼說，出了什麼事啊？」

劉所長不恥地說：「前段時間海川才出了一個嫖妓的副市長，今天你們這位雷副主任又因為在公眾場所猥褻婦女，被人扭送到我們派出所來了。」

「在公眾場所猥褻婦女？」傅華驚訝地叫了起來，說：「劉所長，你沒搞錯吧，你說雷振聲猥褻婦女？不可能的。」

傅華雖然對雷振聲沒什麼好感，但是也不相信雷振聲會在公眾場所猥褻婦女，不管怎麼說，他也是個受過高等級教育的公職人員，基本的做人素質還是有的，怎麼可能做出猥褻婦女這樣的下流事來呢？

劉所長說：「看姓雷的那個長相，我也不相信他會做出這樣的事情來，不過我不相信也不行，他是被受害人抓了個正著，直接扭送到派出所的。」

傅華忙追問道：「劉所長，這個雷振聲究竟對受害人做了什麼啊？」

劉所長說：「這傢伙在地鐵裏趁著人流擁擠的時候，拉開褲子的拉鏈，然後露出下面去頂受害人的屁股。被侵犯的受害人恰好有兩位朋友在身邊，所以當女受害人發現他的猥褻行為後，二話沒說，直接就回頭甩了雷振聲一記耳光，然後和她的朋友一起將雷振聲扭送到派出所。最離譜的是，這傢伙到了派出所還不老實，居然狡辯說是那個女受害人主動把他的拉鏈拉下來，讓他露出下面的傢伙好陷害他。」

劉所長接著說：「你說這傢伙是不是傻了，那個女受害人跟他並不認識，又怎麼會拉開他的褲子陷害他呢？我當時反問他了一句，這個理由你自己相信嗎？他立時就閉上嘴，再也不說話了。」

傅華忙問：「那你準備拿他怎麼辦啊？」

劉所長說：「按照妨礙風化法的規定，這個雷振聲犯行明確，所裏是可以拘留他幾天的。」

傅華一想，如果雷振聲被拘留了，他猥褻婦女的事就會被公開了，這對海川駐京辦可不是件多光彩的事，就說：「劉所長，你們好好訓誡他一番就好了，沒有必要鬧到拘留這麼嚴重吧？」

劉所長說：「本來我聯繫不上你的時候，是準備要拘留他的，不過你既然打來了，那我就不拘留他了。咦，怎麼我之前打電話你都沒接啊？」

傅華解釋說：「我今天陪兒子去水上樂園玩，手機鎖在儲物櫃裏，所以你的電話我沒接到。」

劉所長笑笑說：「原來今天是你的親子日呢。你有時間的話，就來把你們這位寶貝副主任接回去吧。」

傅華把傅昭送回趙凱家，就急忙去了轄區派出所。

劉所長看到他，領著他去拘留室見雷振聲。當傅華見到雷振聲的時候，差點沒能認出雷振聲來。雷振聲左邊的眼睛被打成熊貓眼，右臉頰上有幾個紅腫的手指印，右邊的鼻孔塞著棉花，架在鼻子上的眼鏡也不見了，真是要多狼狽有多狼狽。

雷振聲委屈的說道：「傅主任，您總算來了。為什麼下午你一直不接我的電話呢？」

傅華解釋說：「不好意思啊，我那時在陪兒子玩呢，手機就沒帶在身邊，你沒有什麼地方受傷吧？」

雷振聲苦笑了一下，說：「只是些皮肉傷，應該沒什麼大礙。」

傅華轉頭看了看劉所長，說：「劉所長，我現在可以帶他離開嗎？」

劉所長點點頭說：「可以啊，出來辦辦手續就可以離開了。誒，雷振聲，今天是看你們主任的面子上，我們就不拘留你了，你回去後要深刻的自我反省，以後不能再有這種猥褻婦女的行為發生了。下次再有類似的行為發生，可就沒有這麼容易放你離開了。」

雷振聲可能是看傅華來了，膽子也大了些，喊冤說：「劉所長，我真的沒有猥褻婦女，真的是那個女人把我的褲子拉開的……」

劉所長瞪了雷振聲一眼，說：「我還真是沒見過像你這麼態度不老實的人，受害人和她的朋友都證實了你的猥褻行為，你不承認有用嗎？」

傅華看雷振聲頭低了下來，便陪笑說：「劉所長，他已經知道錯了，你就別跟他一般見識了。」

劉所長說：「今天要不是傅主任來了，我真的會把你先拘留上十天半個月的再說，看你到時候老實不老實。好了傅主任，你領他出去辦手續吧。」

傅華就帶著雷振聲出去辦了手續。從派出所出來後，傅華看了看雷振聲，他擔心雷振聲身上有什麼內傷，就說：「振聲同志，我送你去醫院檢查一下。」

雷振聲苦笑了一下，說：「不用了，傅主任，我沒什麼事的。」

傅華堅持說：「一定要的，你來駐京辦工作，我這個主任是要對你負責的，如果你身體有個什麼閃失，那我對你的家人就不好交代了。」

於是傅華在附近找了家醫院，讓醫生給雷振聲做了一次體檢，檢查完，確信雷振聲沒什麼大問題，這才把他送回海川大廈。

一路上，雷振聲一直板著臉不說話，傅華看他這個樣子，也是沒臉說什麼了。

直到海川大廈門前，雷振聲才說：「傅主任，今天的事能不能麻煩您幫我保密啊？」

傅華說：「這件事我不會宣揚出去的，不過你不能再有類似的事發生了。就算你自己不嫌丟人，你也要想想我們駐京辦的形象，是吧？」

雷振聲仍然喊冤說：「傅主任，事情真的不是你想的那樣，當時我的身體是緊貼著那個女人沒錯，不過，那是因為車上的人太擁擠了，並不是我要猥褻她的。」

傅華本就不喜歡雷振聲這個人，再加上雷振聲的行為也有些太下流了，讓他充滿了厭惡，就懶得聽雷振聲辯解下去，搖搖頭說：「好了，振聲同志，你的辯解理由劉所長都跟我說了，實話說，你的理由實在是太扯了，沒有人會相信的；我倒建議你去看看醫生，你這可能是一種心理上的疾病，看看心理醫生也許能有助於你改善這種隱疾。」

雷振聲清楚很難在傅華這裏得到什麼同情，就嘆了口氣，說：「傅主任，我知道你是不會相信我的。算了，我回去了。」

雷振聲就灰溜溜的進了海川大廈。

第二天，因為是星期天，傅華沒什麼行程安排，上午十點多了還賴在床上沒起床。

這時手機響了起來，看看號碼，又是劉所長打來的，心裏不覺就有些納悶了，他又打電話來幹什麼，不會是為了昨天放了雷振聲來討人情的吧？

傅華接通電話，說：「你好，劉所長，昨天的事謝謝啦。」

劉所長語氣很差地說：「傅主任，你先別急著謝我，你昨天把雷振聲領回去，怎麼沒好好的教育教育他啊？」

傅華愣了一下，說：「我說過他啦，怎麼了，又出什麼事了嗎？」

「怎麼了？」劉所長埋怨說：「傅主任，我真是被你害死了，我是看你的面子才放了他的，哪知道這傢伙昨天受了教訓，不但不知道改悔，反而變本加厲，居然去跟蹤那個受害人，還把人家的衣服都給扒了下來，現在受害人的家人不甘受辱，找到派出所來質問我，問我為什麼不好好處罰雷振聲，還要把他放出來繼續害人。」

傅華不禁傻眼，他本以為雷振聲昨天已經被派出所訓誡了一番，行為應該收斂些，哪知道這傢伙不長腦子，居然做出比昨天更差勁的事。傅華心裏大罵雷振聲真是無可救藥了。

傅華對牽連了劉所長很是不好意思，趕忙歉意的說：「對不起啊，劉所長，我也沒想到那傢伙會這麼無可救藥。」

劉所長諒解地說：「你不用跟我說對不起，事情也不怪你，主要是雷振聲這個混蛋素質實在太差了。我跟你說傅主任，這次我不能再看你的面子放過他了，我已經跟局裏申請拘留證，先拘留他十天再說吧。」

這回傅華也沒辦法再替雷振聲求情了，只好說：「行啊，劉所長，你想怎麼處分他都可以，我不管了。」

劉所長說：「這次你想管也管不了了，不過，你還是得來我們派出所一趟，受害人這次被嚇得不輕，和她的家人還在派出所裏，非要我給他們一個交代才行，你作為雷振聲單位的領導，過來跟他們道個歉，幫我安撫安撫他們吧。」

發生這種事，傅華自然不能置之不理，於是說道：「好的，劉所長，我馬上就過去。」

傅華不得不趕緊從床上爬起來，再次趕去了轄區派出所。

一到那裏，就看到有六七個人正在所長辦公室，七嘴八舌的在指責劉所長；劉所長旁邊坐了一個二十多歲的女人，這應該就是雷振聲猥褻的那個受害人了。

女人看上去長得挺秀氣，屬於端莊型的，只是此時有些衣衫不整，頭髮凌亂，像是剛跟人發生撕扯不久的樣子。

劉所長看到傅華，趕忙說：「你總算來了，這件事就交給你來處理吧。」

傅華立即衝著屋內的人拱了拱手說：「各位，你們不要怪劉所長了，要怪就怪我吧。」

屋內一個男人瞟了傅華一眼，說：「你是誰啊？」

傅華忙說：「我是雷振聲所在單位的領導，昨天是我以單位的名義向劉所長擔保，保證雷振聲不會再做出類似行為，劉所長這才同意將雷振聲釋放的，所以事情的責任在我，跟劉所長無關。」

男人看了傅華一眼，斥責說：「你這個領導也是的，既然你跟劉所長擔保了，為什麼不管好那個混蛋，還要讓他出來害人啊。」

傅華陪笑說：「對不起啊，雷振聲新調來我這個單位不久，我對他還不十分瞭解，沒想到會發生這種事。這樣吧，各位，為了表示我的歉意，我願意賠償雷振聲給這位女士所造成的一切損失。」

這時，那個女人抬起頭來，氣憤地說：「誰要你的臭錢啊，有錢了不起啊？有多少錢能夠抹去這個混蛋給我造成的心理陰影？我想要的是嚴懲這個色狼，讓女性朋友今後在公眾場合都能夠有安全感。」

傅華道歉說：「對不起，是我錯了，我是想彌補一下，並不是想用錢收買你。至於嚴懲雷振聲，我想你們已經看到了，劉所長準備拘留他十天。」

劉所長附和說：「對，拘留雷振聲的手續已經送到局裏去找局長批示了，只要批下來，我馬上就會把這傢伙送到拘留所去拘留十天的。」

傅華接著說：「作為雷振聲的領導，我願意為他的行為向你們道歉，同時願意個人支付五千元給這位小姐，作為精神上的補償。」

可能是傅華的態度還算誠懇，受害人和她的家人就沒再說什麼了。劉所長就打發兩名員警從臨時拘留室裏把雷振聲押上警車，送去了拘留所裏。

傅華注意到從臨時拘留室裏出來的雷振聲，臉已經腫成了豬頭，顯然他跟那個女受害人糾纏之後，又被人給狠揍了一頓。只是不知道究竟是受害人家屬揍的，還是被轄區派出所的員警給揍的。

雷振聲看到傅華，似乎還想跟傅華說些什麼，不過看到受害人和受害人家屬怒視的目光，便明智地閉上了嘴，老實的跟著上了警車。

雷振聲被押走，讓受害人和其家屬的憤怒緩解了很多，傅華又及時拿出五千元錢給受害人，受害人雖然推辭了幾下，但傅華態度很堅決的把錢塞給她，她也就收下了。

這場風波到此算是暫時畫上了句號，受害人和家屬對處理結果還算滿意，就不再鬧事，離開了派出所。

傅華這才對劉所長說：「對不起啊，劉所長，讓你被牽累了，這樣吧，晚上我請你吃飯，向你賠罪。」

劉所長搖搖頭說：「算了吧傅主任，你這頓飯我可不敢吃，誰知道這件事到此是不是就結束了啊？別到時候雷振聲又鬧出什麼事來。」

接連兩天發生事情，讓傅華不敢再跟劉所長保證什麼，只好再三道歉說：「對不起啊，劉所長。」

劉所長衝傅華擺擺手說：「算了傅主任，你不要再說什麼對不起了，這不是你的錯。你們市裏那些領導也是的，把雷振聲這樣的人派來，這不是給你們海川市臉上抹黑嗎？」

傅華不好在劉所長這個外人面前對市領導的行為做什麼評價，於是轉移話題說：「誒，劉所長，有件事我有些不明白，雷振聲怎麼又會遇到那個受害人的啊？」

劉所長笑說：「說起來，這件事也是有夠巧合的。昨天雷振聲的眼鏡不是被打壞了嗎，今天上午他就出來配眼鏡，結果就在配完眼鏡從眼鏡店裏出來的時候，迎面碰到了女受害人。」

傅華咋舌說：「這確實是夠巧的，你說這北京有兩千多萬人口，他遇到誰不好，偏偏遇到了這個受害人。」

劉所長嘆說：「說實在，就算遇到了也不是什麼大事，受害人也沒想到會再次遇到雷振聲，這次她是一個人，感到勢單力孤，於是轉頭就走，想儘快甩開雷振聲。」

「既然受害人想要躲，怎麼兩個人又衝突了起來啊？」傅華追問說。

劉所長說：「關鍵就是你們這個寶貝副主任太不可理喻了，他不但沒受到昨天的教訓，反而追上去扯住了受害人，不放她離開；受害人當然害怕了，就央求他放手，他卻死拉著受害人不放，受害人急了，就跟他撕扯起來。你知道姓雷的這個混蛋最齷齪的地方是什麼嗎？他就在這時候也沒忘記去猥褻受害人，撕扯中專門對著受害人的私密部位下手，加上女人身上的衣服也不是很結實，結果就把受害人的上衣給撕裂了，內衣也給扯了下來。」

傅華沒想到雷振聲居然會這麼變態，居然當街去侵犯女人的私密部位，忍不住罵了句：「這個混蛋，真不是個東西！」

劉所長附和說：「是啊，這傢伙簡直太不是個東西了，當時一些路人都覺得看不過眼，就有幾個粗壯的男人衝上來幫受害人的忙，把雷振聲一陣狠揍，然後給扭送到我這裏來。」

聽到這裏，傅華真是有些無語，這個雷振聲真是太蠢了，不管出於什麼樣的理由，有點頭腦的男人都不會在大街上跟女人發生爭執的，因為這是很容易引起公憤的行為。

從派出所裏出來，傅華立即撥打了孫守義的電話。現在雷振聲被派出所拘留，雷振聲猥褻婦女的事就無法再瞞著市裏了，他必須要趕緊跟孫守義通報一聲。

傅華苦笑著說：「孫書記，我要跟您彙報一件事，駐京辦出了點狀況。」就跟孫守義報告了雷振聲這兩天發生的事。

孫守義聽了，十分震驚地說：「什麼，雷振聲在公眾場合猥褻婦女被治安拘留了，這傢伙發什麼神經啊？」

傅華沉重地說：「我也沒想到他會做出這種事來，孫書記，您說我們該怎麼辦啊？」

孫守義沉吟了一下，說：「真沒想到這傢伙是這樣一個人，當然不能再留在北京給我們海川市丟人現眼了，回頭我跟姚市長商量一下，先把他給調回來好了。」

傅華自然樂見雷振聲被調回海川，姚巍山想在駐京辦安插耳目的圖謀也就失敗了，不過已經增設的這個副主任的職位卻成了空職，便說：「孫書記，那我們駐京辦就空出了一個副主任的位置了，您看是不是給我們再安排個人過來啊？」

孫守義想了一下說：「當然是要再安排個人給你們了，不過怎麼安排，我要跟姚市長商量一下。」

傅華忍不住提醒說：「您要跟姚市長商量倒無所謂，不過，最好是不要再派像雷振聲這樣素質差的人過來了，您不知道今天在派出所，我因為他丟了多少人啊，還差點害到了那個劉所長呢。」

請續看《權錢對決》14 趁火打劫

權錢對決 十三 險境對決

作者：姜遠方
發行人：陳曉林
出版所：風雲時代出版股份有限公司
地址：105台北市民生東路五段178號7樓之3
風雲書網：http://www.eastbooks.com.tw
官方部落格：http://eastbooks.pixnet.net/blog
Facebook：http://www.facebook.com/h7560949
信箱：h7560949@ms15.hinet.net
郵撥帳號：12043291
服務專線：(02)27560949
傳真專線：(02)27653799
執行主編：朱墨菲
美術編輯：許惠芳

法律顧問：永然法律事務所 李永然律師
北辰著作權事務所 蕭雄淋律師

版權授權：蔡雷平
初版日期：2017年6月
初版二刷：2017年6月20日
ISBN：978-986-352-417-5

行政院新聞局局版台業字第3595號 營利事業統一編號22759935

定價：280元 特惠價：199 元

國家圖書館出版品預行編目資料

權錢對決 ／ 姜遠方 著. -- 初版. -- 臺北市：
風雲時代，2016.11- 冊；公分

ISBN 978-986-352-417-5（第13冊；平裝）

857.7 105019530